光芒

矢月秀作

光芒

第1章

1

宵のうちから降り始めた雨は、夜半を過ぎても止む気配がなかった。アスファルトは黒く染まり、闇を濃くしている。

若林《わかばやし》そらは傘も差さず、地雨の降る中、静まりかえった街をとぼとぼと歩いていた。

髪の先から滴った水滴が頰を伝い、顎先から切れて落ちる。薄手の半袖シャツは背中に張りつき、肌が透けている。青いジーンズも雨水を吸い、濃紺に変色していた。

遠くにコンビニの明かりが見えた。

「やっぱ、傘買うかなあ……」

独りごちる。

家まではまだ、三十分以上歩かなければならない。雨足も少しずつだが強くなっている。このままだとパンツまで濡れてしまう。

そらは、ジーンズの前ポケットに右手を差し入れ、有り金をつかみ出した。手のひらを返し、開いてみる。

百円玉と五円玉が一枚ずつ、一円玉が二枚しかない。

「無理か……」

うなだれ、ため息を吐いた。

この百七円で、あと一週間をしのがなければならない。

そらは小銭を握り締め、コンビニを避けるように路地へ曲がった。

街灯が少なくなり、さらに夜闇が濃くなる。アスファルトから立ち上る土気も鼻先にまとわりつく。

まるで自分が路頭に迷ったずぶ濡れの捨て犬のように思え、惨めだ。

しかしながら、捨て犬というのもあながち間違いではない。

そらは今日、突然アルバイト先の飲食店を解雇された。

売上減少による人員整理という名目だったが、本当のところはどうも違うようだ。

このところ、そらのバイト先では、次々と従業員が解雇されていた。そのほとんどが三年以上のベテランだ。

二〇一三年に労働契約法が改正され、通算五年以上有期労働契約を反復更新した者は無期契約に切り替えなければならなくなった。

人手不足の飲食店からすれば、無期契約も利点となりそうなものだが、そうなるといざという時、簡単に解雇できなくなる。

それは、アルバイトやパートが雇用人員の調整弁としての役割を果たさないということを意味する。

改正労働契約法が適用され、無期契約移行が実施されるのは、早くても二〇一八年四月から。まだ二年近く先の話だ。

が、経営者側には、派遣切り騒動の苦い過去もあり、二年後、無期転換者が大量に出ないよう、早めに手を打っていた。

そらはこの飲食店で丸三年働き、ホールのチーフを務めるまでになっていた。

このまま、この飲食店の社員になってもいいなと思っていたところだった。

そんな時にあっさり梯子を外された。

法改正以前の労働日数は関係ない。だが、経営者側にとって、年数がかさんだ従業員は厄介者としか映らなかったようだ。

あまりに一方的だった。話し合う余地もなかった。ユニオンに駆け込めば、雇い止めを問題視して解雇される事態は免れるだろう。

しかし、そこまでする気力はなかった。

所詮、世の中、理不尽なものだ。いちいち嚙みついたところで、自分の力のなさを思い知らされるだけ。裁判まで起こして裁定にかまけている金銭的余裕もない。

そもそも、理不尽には慣れている。

そらは今年、二十一歳になった。

両親はいない。六年前、父母共に自ら命を絶った。

父と母は、九州で小さな鉄工所を営んでいた。しかし、経営状態は芳しくなく、金融機関や身内から借金を重ねていた。

そらが中学を卒業した翌日、突如両親が目の前から消えた。

居間のテーブルに《高校へ行かせられなくてごめん》と記された手紙が置かれていた。

その数時間後、警察から、地元の海に両親の乗った車が沈んでいて、二人共死んでいたという連絡が来た。

裕福ではなかったが平凡だったそらの人生の歯車は、その日を境に大きく狂った。

両親の保険金と工場の工作機械は、金融機関への借金返済に充てられた。

一方、親類縁者からの借金は残ったままとなった。

親戚たちは、そらを助けるふりをして工場と家を売り払い、その金で自分たちの貸金を回収した。金を取り戻した途端、優しかった叔父や伯母は、そらにつらくあたった。

つまり、もう用なし、ということだ。

家も金も奪われ、住み慣れた街にもいられなくなった。

そらは故郷を捨て、わずかな金を手に上京した。

右も左もわからない大都会で、保証人のいらない風呂なしトイレ共同の六畳一間のボロアパートに居を構え、中卒者を雇ってくれるところを探し、働いた。

原宿や渋谷では、同い年の連中が学生生活を謳歌している。楽しそうな彼らを横目に、そらは都会の片隅を這いずり回り、生きるために働き詰めとなった。

忸怩《じくじ》たる思いはある。

たまの休日、ぽつりと時間ができると、両親があきらめずに生きていてくれれば、もう少し違った人生があったのではないか、なぜ自分も連れていってくれなかったのか……という思いに囚われることもあった。

それでもそらは、父も母も、自分の人生も恨むことなく、生きることを選んだ。

鉄工所を開いた祖父が言っていた。

『生きていれば、必ずいいことはある』

挫《くじ》けそうになるたび、大好きだった祖父が遺した言葉にすがった。

働きながら勉強し、昨年、高等学校卒業程度認定試験に合格した。このまま金を貯めて、大学へ行くつもりだった。

が、世の中、そううまくは回ってくれない。

三つ掛け持っていたアルバイトのうち、二ヶ所から解雇を言い渡された。

一つは経営不振で倒産するため。もう一つも不況による人員整理の煽りを食った。

政治家やメディアが、景気は回復基調にあると喧伝しているが、どこの国の話だろうかとそらは思う。

周りは依然、低賃金で長時間労働を強いられている。家賃を払えず、ネットカフェに住まわざるを得なくなった人や路上生活者になる人たちが当たり前にいる。

そらのように学校へ行く金もなく、十代前半から働いている若者も大勢いる。

世間には、そらたちみたいな貧困に喘ぐ者などいないかのような論調がそこかしこに溢れている。

努力が足りないなどという短絡的で的外れな正論を声高に叫ぶ輩もいる。

中庸を生きる者に底辺は見えない。いや、彼らは見ようとしない。

不都合な真実は、普通を生きる人たちにとって存在してはいけないものなのだ。

そのような人たちに何を言っても仕方がないし、期待もしない。

自分が生きることだけで精一杯だ。

「仕事、探さなきゃな」

言い聞かせるようにつぶやき、小銭を握り直す。

しかしすぐ、言いようのない虚脱感に見舞われる。

疲れていた。

働くことに、生きることに疲れた。

このままがんばっても、いいことはあるのだろうか。祖父が言うように、生きていれば胸が弾むような楽しい出来事に出合えるのだろうか。

あきらめたつもりはない。が、将来の展望も虚ろになっていた。

改めて、手のひらの小銭を見つめる。

必死に働いてきた結果が百七円。大学へ行くために貯めていた貯金も生活費で取り崩し、底を突きかけている。

双眸《そうぼう》が熱くなる。胸の奥に押し込めていた衝動が込み上げてくる。そらは奥歯を嚙みしめ、目を固く閉じた。

と、爪先が段差にひっかかった。体がつんのめる。手のひらから小銭が落ちた。

そらは目を開いた。百円玉が転がり、側溝に向かっていく。そらはしゃがみ、百円玉に手を伸ばした。しかし、百円玉は指先を掠め、側溝に落ちた。

「ああ、食費が……」

跪《ひざまず》き、溝蓋の奥を覗いた。百円玉が街灯の明かりを受け、光った。

そらは溝蓋を外そうとした。しかし、固定されていて上がらない。溝に指を入れ、何度も引き上げる。それでもビクともしない。

何度も何度も溝蓋を揺さぶった。

たかが百円。されど、今のそらにとっては命をつなぐ百円だ。

あきらめてはいけない気がしていた。

ここで百円を捨ててしまえば、これまで張ってきた気持ちが一気に折れそうな気がした。

指が溝の角で擦れ、血が滲んできた。それでもなお、溝蓋を外そうと食いしばる。

すると、そらの手元に影が差した。

「何やってんだ？」

男の声がした。

見上げる。黒いジャージの上下を着た体格のいい中年男だった。

「百円を落としたので、拾おうとしているんです」

そらは男を目の前の家の人だと思った。

「ここいらのグレーチングは、コンクリで固めているから取れないぞ」

「いるんです、この百円が！」

そらは男にかまわず、溝蓋を取ろうと力を込めた。

吐息が聞こえた。男が手を差し出す。

「ほら、持っていけ」

手を開く。五百円玉があった。

「それは僕のお金じゃない」

そらは一瞥し、なおも溝蓋を外すことに躍起になった。

「金に色はない。おまえのがんばりに四百円上乗せしてやろうと言ってるんだ。不服か？」

「そうじゃないんだ！」

そらは怒鳴り、男を睨みつけた。

「ありがたい申し出ですが、あなたから施しを受けるいわれはありません。僕は僕のお金を取り戻したいだけですから」

頑なに拒み、溝に目を戻す。

「好きにしろ」

男がため息を吐き、手を引っ込めた。

その時だった。

二軒先の家から、けたたましい警報ベルが鳴り響いた。

そらはびくりとして、動きを止めた。

家から金髪で濃紺のつなぎを着た小柄な男が飛び出してきた。

「俊士《しゅんじ》さん、ヤバい！」

金髪男が黒ずくめの男に駆け寄ってくる。

「どうした！」

「あの車、ホイールにも盗難防止装置を付けてやがった！」

「こざかしい素人だな」

男が舌打ちをする。

周りの家の明かりが一斉に灯り始めた。

「逃げるぞ！」

男が言う。金髪男は一般道に向けて走り出した。男も続こうとする。が、立ち止まり、そらの腕を取った。

「おまえも来い」

「僕は関係ないでしょう」

払おうとする。しかし、力が強く振りほどけない。

「いいから、来い！」

無理やり引っ張られる。

二軒先の家から、人が飛び出してきた。

「おまえら、何やってんだ！」

路地に怒号が響いた。

そらはぎくりとし、思わず立ち上がった。

そらと男の方に走ってくる。

「早くしろ！」

男が走り出した。

そらはわけがわからないまま、男と共に一般道へ走った。

2

男に続き、待っていた黒いワゴンに乗り込んだ。

運転席には金髪男がいた。

「そいつは？」

「いいから、早く出せ！」

男が命ずる。

車はスキール音を鳴らし、急発進した。そらの体がシートに押しつけられる。

金髪男は一般道から環状線を横切り、さらに一般道を縫うように走った。

新宿まで出ると、車は首都高四号線に乗り、東へ向かい始めた。

高速を走り出し、慌てふためいていた車の挙動がようやく落ち着いた。

「ヒロ。ホイールの装置、どういうものか見てきたか？」

男が金髪男に話しかけた。

「詳しくはわからなかったんですが、たぶん、電子キーと連動してホイール側の装置も解除される仕組みになっているんだと思います」

「つまり、電子キーの暗号が正規でないと作動してしまうということか？」

「おそらく」

金髪男がバックミラー越しに頷いた。

「面倒だな……」

男は腕組みをして唸った。

「あの……」

そらは恐る恐る声をかけた。

男がそらに顔を向ける。

改めて男の顔を見たそらは、多少身震いした。

太い眉とがっしりとした鼻が印象的な男だ。肌は浅黒く、髪の毛もスポーツ刈りでさっぱりしている。

一見、精悍《せいかん》な顔つきだが、大きな二重瞼の双眸は鋭く眼力があり、右目の横には十センチ近くの傷があった。

「すみません。どこかで降ろしてもらえますか？」

「なぜだ？」

「なぜって……。家に帰りますから」

「このままうちに来い。メシくらいは食わせてやる」

「大丈夫です」

「たかが百円で必死になっているヤツが大丈夫なわけないだろう。心配するな。取って食やあしない」

男が微笑んだ。

細めた瞳の奥に優しさを感じる。そらは少しだけ胸を撫で下ろした。

「俺は俊士。そいつはヒロだ」

金髪男を目で指す。

「俊士さん。どこの誰かもわからないやつに名乗っていいんですか?」

ミラー越しにそらを睨む。眉のない一重の眼がそらを威圧する。

「かまわん。こいつは俺らと同類だ」

俊士が言った。

同類って、なんだ? 内心思ったが、口には出せなかった。

「おまえ、名前は?」

「……そらです」

「そらか。どんな漢字だ?」

「平仮名なんです」

「女みてえだな」

ヒロが笑う。

そらはムッとし、眉根を寄せた。初対面の者に言われたくはない。

「ヒロ。人の名前を笑うんじゃねえ」

俊士が真顔で言う。

ヒロは小声で詫び、フロントガラスの先に目を向けた。

「すみません……」

「どんな名前でも、そこには親御さんの想いってものがあるもんだ。なぜ、平仮名にしたのか、訊いたことがあるか？」

俊士の問いに、そらは顔を横に振った。

「そうか。今度、訊いてみるといい」

俊士が言う。

そらはうつむいた。

「訊こうにも訊けません。死んでしまいましたから」

「そりゃ、悪かった。すまんな」

「いえ。もう六年も前の話ですから」

そらは笑みを作った。

「いくつだ、そら？」

ヒロが訊いてくる。

「二十一です」

「おれの四つ下か。二十一ってことは、十五の時に死んだんだな。おれんとこと同じだ」

「ヒロさんのご両親も？」

運転席を見やる。

「おれんとこはおふくろだけだけどな。親父は生まれた時からいなかった」

そう言って笑う。

「中学出りゃあ、親がいようがいまいが関係ねえよな。自分で生きられるんだから。そう思わねえか？」

「淋しくないですか？」

「おふくろが死んだ直後は淋しかったけどな。そんな感傷に浸ってる間もなく、世間の荒波ってやつに放り出されて、必死になっているうちに忘れたよ」

ヒロが言う。

そらは笑顔を見せた。

なぜ、初対面の人たちに自分のことを話しているのだろう……と、さっきから不思議だった。

しかし、ヒロの話を聞いて、胸中で頷いた。

同じ痛みを知る者だった。

傷を持っている者同士は、言葉にしなくても何かを感じる。説明しなくてもわかり合える部分がある者と過ごすのは気が休まる。

時に、わかりすぎて同属嫌悪を催すこともあるが、少なくとも、ヒロに嫌気は覚えない。

どうせ、明日から仕事はない。少しの間、この人たちと共に過ごすのも悪くないかな、とそらは思った。

3

車は二時間ほど走り、山間の道を入っていった。

街灯もない道を、ヘッドライトを揺らしながら二十分進む。すると森が開け、広い敷地が現われた。

奥には金網に囲まれてバラックが何棟かあった。

ヒロは敷地の入口に設けられた格子戸の前で車を停めた。門柱には〈奥美濃《おくみの》自動車〉と書かれた木製の看板が提げられている。門柱脇にある掘建て小屋から、ほっそりとした坊主頭の男が出てくる。

ヒロは窓を開け、顔を出した。

「神戸《かんべ》、おれだ」

声をかける。

すぐさま、格子戸が開いた。ヒロはゆっくりと車を中へ滑り込ませた。

そらは周囲を見回した。薄暗く、全体像は把握できない。

左手には大きな倉庫があった。その周りには鉄くずが転がっている。錆びついた車のボディーもそこかしこに散見した。

右手にはバラックの集合体があり、ぽつりぽつりと明かりが点いている。ちょっとした長屋のようだった。

ヒロは倉庫とバラックの間にある駐車スペースに車を停めた。他に停まっている車が五台あった。軽トラックから４ＷＤまで様々だ。

「着いたぞ」

俊士がスライドドアを開ける。

「どこですか、ここ？」

「俺たちの住居兼仕事場だ。ここに住むみんなが同じ仕事をしている」

俊士は言い、車を降りる。

「そういえば、仕事って何をしているんですか？」

運転席にいたヒロに訊く。

ヒロはシート越しに振り向いた。

「車泥棒だ」

片笑みを見せる。

そらは目を見開いた。

先ほどの逃げ方を見るに、まともな人たちではないとは思っていたが、まさか犯罪者だとは……。

顔も体も強張る。

「心配するな。おまえを共犯にしようってわけじゃねえし、おれたちのことを知ったからといって、バラすようなこともしねえ。気のいい連中ばかりだから、ビビるな」

ヒロが運転席のドアを開ける。

そらは仕方なく、外に出た。風が吹き、深緑を湛えた木々が揺れる。鼻先を掠める風には油やガソリンの臭いの他に、ほんのりと潮の匂いも混じっていた。

「海が近いんですか？」

「ここは館山《たてやま》の山の奥だからな。おまえ、鼻がいいな」

「海沿いの街に住んでいたんで、潮の香りはわかるんです」

「いいとこにいたんだな」

ヒロは微笑み、車にロックをかけた。

「こっちだ」

促され、バラックの方へ歩く。

ヒロはひときわ大きいプレハブ小屋へ向かった。そらも続く。

ヒロと共に中へ入る。長テーブルとパイプ椅子が無造作に並んでいる。俊士の姿もあった。

ヒロはそらを連れ、俊士の席に近づいた。

「メシ、まだだろう？」

俊士が訊く。

「はい……」

「座れ」

隣を目で指す。そらは言われるまま、左隣に座った。ヒロが右隣に座る。

奥には厨房があった。カレーの匂いが漂ってくる。中には小柄な白髪の男性とエプロンを着けた黒髪の女性がいた。

花柄のエプロンを着けた女性が、カレー皿を持って出てきた。

黒目の濃い大きな瞳の女性だった。小顔で頬も腕の肌も白く、艶やかだ。束ねた髪からほつれる毛先がうなじを彩る。

細身で脚は長く、くびれもくっきりしている。胸は大きくないが、スレンダーな美女だった。

女性はカレー皿を俊士とヒロの前に置き、そらに目を向けた。

「君もカレーでいい？　といっても、カレーしかないけど」

「はい、いただきます」

「コロッケもあるけど、載せる？」

「ありがとうございます」

そらは頬を熱くし、うつむいた。

女性が微笑んで、厨房に下がる。

ヒロが俊士越しにそらを睨んだ。

「おまえ、何赤くなってんだよ」

「すみません……」

「伊織《いおり》に手を出したら、承知しねえぞ」

「そんな気はないですよ」

滲んでいた笑みが引っ込む。

ヒロさんの彼女か……。

そう思っていると、俊士が口を開いた。

「おいおい、おまえがそんなんじゃ、いつまでたっても伊織ちゃんに彼氏ができないぞ」

「いいんですよ。おれの目の黒いうちは、あいつにクソみたいな虫は近づけねえって、おふくろと約束したんですから」

ヒロは言い、カレーをかき込んだ。

俊士がそらを見やる。

「伊織ちゃんは、ヒロの妹なんだよ。腹違いだけどな」

「そうだったんですか」

そらはなぜか、心が躍った。

「けど、こいつがこんな調子だから、誰も近づかない。いい女なのに、もったいない話だ」

「そういう言い方、やめてくれますか」

ヒロは俊士を睨んだ。

「こいつ、伊織ちゃんのことになるとシャレが通じなくなるから、おまえも気をつけとけよ」

俊士が言う。

そらは何と返事をしていいかわからず、苦笑した。

伊織がコロッケを載せたカレーを持ってきた。

「どうぞ」

そらの前に皿を置く。

「ありがとうございます」

礼を言った途端、腹が鳴った。

気づけば、昨日の昼間にアルバイト先のまかないを食べて以降、何も口にしていなかった。

伊織が小さく笑った。そらは真っ赤になった。

「おかわりもあるから、いつでも言ってね」

そう言い、厨房へ戻る。

また、ヒロが睨んだ。そらは皿を引き寄せ、カレーをかき込んだ。空きっ腹に香辛料が染みる。生き返った心地だった。

食事をしていると、二人の男が入ってきた。

一人はカジュアルなスーツに身を包んだ眼鏡をかけた男だ。背が高く、一見、都心のサラリーマンのような風貌だった。

もう一人は、よれたTシャツに作業ズボンを穿いた痩せた中年男だった。中年男の前歯は一本欠けている。じとりとした目つきが薄気味悪い。

「よお、俊士。早かったな」

中年男が対面に座った。椅子の背に右肘を掛け、脚を組む。男の隣にスーツ男も腰を下ろした。

伊織が寄ってきた。

「おかえり。ごはんは？」

「私は食べてきたので」

「啓《けい》さんは？」

スーツ男が人差し指で眼鏡のつるを押し上げた。

「オレはおまえを食いてえな」

そう言い、伊織を睨《ね》める。

「こら、ジジイ。殺すぞ」

ヒロが眦《まなじり》を吊り上げた。

「マジになるなよ。冗談だよ、冗談」

下卑た笑みを浮かべ、伊織に食事はいらないと伝えた。

「これで最後ね。私、上がってもいいかな？」

伊織が言う。

「ああ、お疲れさん。シゲさんにも今日はもういいと伝えてくれ」

俊士が言った。

伊織は頷き、厨房の奥にいる料理人に声をかけ、プレハブ小屋を出た。

そらは伊織の後ろ姿を目で追った。

「おい」

すぐさま、ヒロの睨みが飛んでくる。

そらは皿に目を戻し、カレーを口に入れた。

「俊士。このガキは誰だ？」

中年男が顔を向けた。

「そらだ。拾ってきた」

「またか……。おまえな。ここは更生施設じゃねえんだぞ」

「いいじゃないか。解体の助手がほしいと言っていただろう？　こいつにさせればいい」

「勝手に決めるな」

中年男が上目遣いに凄む。が、俊士はつゆほども動じない。

中年男は奥歯を嚙みしめた。

「そんなことより、だ」

　俊士はスプーンを置いた。目の前の二人の男を見据える。

「ホイールに盗難防止装置が付いていたぞ。セキュリティーの最新情報は仕入れてんのか、啓三郎《けいざぶろう》、瑛太《えいた》」

　睥睨《へいげい》する。

　二人の顔が強張った。

「危うくパクられるところだった。てめえら、俺を嵌《は》めたんじゃねえだろうな」

　声が低くなり、怒気が宿る。

「啓三郎。ホイールに付ける形のセキュリティーシステムは知ってたのか？」

　俊士は中年男に訊いた。

「知らなくはなかったが、そこまで警戒しているのは稀だ」

「瑛太。その装置のこと、啓三郎から聞いていたか？」

「ええ、まあ……」

「ということは、おまえの下見が甘かったということだな」

　スーツ男を見据える。

「その通りです。すみませんでした」

　スーツ男が頭を下げた。

「次からは気をつけろ。捕まっちまったら、元も子もねえからな」

「肝に銘じます」

スーツ男がうなだれる。

俊士は目を中年男に向けた。

「啓三郎」

「なんだ……」

中年男の目尻が引きつる。

「こいつの就職祝いだ。いい酒ないか？」

俊士がそらに目を向け、笑顔を見せた。

中年男はホッとした様子で笑みをこぼす。

張り詰めていた空気が一気に緩んだ。

「こないだ、運送屋のダチから田酒をもらったんだ。そいつはどうだ？」

「そりゃいい。ヒロ、瑛太。用意してくれ」

俊士が言う。二人が席を立つ。中年男も酒を取りに行った。

そらも腰を浮かせた。

俊士がそらの肩を手で押さえる。

「おまえはいい。今日は客だからな。働くようになったら、おまえが一番下っ端だから、動かなきゃならなくなるが」

「その件なんですけど、僕、ここで働くとは一言も――」

「ここにいて、俺たちの仕事を見て、ゆっくり考えればいい。しばらくのんびりしていけ」

俊士は微笑んだ。

犯罪の片棒を担ぐ気はない。が、急いでここを出ていく理由もなかった。

「わかりました。甘えさせてもらいます」

そらが言うと、俊士は満足げに頷いた。

4

滞在中は、ヒロのバラックのスペースを間借りすることになった。

外観は朽ちたプレハブ小屋にしか見えなかったが、中は思った以上に広かった。そらに与えられたスペースも八畳はある。これまで住んでいたところより広い。

奥美濃自動車の敷地内にはこうしたバラックが十二棟あり、長屋を形成している。金網で囲まれたこの一画に、総勢二十名の老若男女が集っていた。車両窃盗の実行犯チームが五名、解体チームが六名、下見チームが三名、運搬チームが二名、残りはゲート内の雑務を行なっている。

シャワーやトイレは男女別の共同だが、活動時間が違うせいか、混み合うこともなかった。

敷地左手にある倉庫のような建物は、解体工場だった。

通常の廃車解体を請け負いつつ、それに紛れさせ、盗んできた高級車の解体も行なっていた。

工場内は三分割されていて、表から見える手前のスペースでは、通常依頼の解体業務が行なわれている。二つ目のスペースは盗んだ車を解体する専用スペース。三つ目のスペースには搬送用の大型トラックが置かれていた。

解体した高級車の部品は、通常依頼で解体した廃材の中に巧みに隠され、そのまま海外へと出荷されていた。

すべてを仕切っているのは俊士だった。

ヒロの話によると、そもそもこの仕事を始めたのは、俊士と啓三郎だった。

二人はかつて、暴力団員だったそうだ。年上の啓三郎とは兄弟分の盃を交わしたという話もある。

起ち上げの経緯はヒロもわからないそうだが、今の仲間のほとんどは、俊士がどこからか拾ってきた者たちらしい。

ヒロは盛り場で、妹の伊織にちょっかいを出していた男たちと争っている時、俊士に出会った。

俊士は間に立って男たちと話を付け、ヒロと伊織をこの解体工場へ連れてきた。

そしてそのまま居着き、俊士の下で働くようになった。

当初は、伊織も窃盗チームに加わると言っていたそうだ。

が、ヒロがそれを許さなかった。

ヒロは、伊織がまともな男を見つけて結婚し、この場所と一切関わらないようにしたいと願っていた。

そのためにも、伊織を妙な色に染めるわけにはいかないと言った。

伊織の話をする時のヒロは、優しく、強い兄の顔になる。

そらは、ヒロと伊織の関係がうらやましかった。

自分に兄弟姉妹がいれば、もっと強くあれたのではないかと感じた。

一週間が経った頃、ヒロのバラックに一人でいたそらの許を、俊士が訪れた。

「今いいか？」

「はい」

そらが頷く。俊士が中へ入ってきた。そらの前に座り、胡坐《あぐら》をかく。

「どうだ、ここは？」

「居心地はいいです。みなさん、気さくに接してくれるし、ごはんもおいしいし、解体作業がない時は静かだし」

「みな、脛に傷のある連中ばかりだからな。おまえみたいに世間から放り出された者には心地いいだろう。仕事はどうだ？」

「解体作業は楽しいです。壊すとスッキリしますね。それで仕事になっているのかはわかりませんけど」

そらは苦笑した。

「啓三郎は見込みがあると言っていたぞ」

「お世辞でもありがたいです」

「あいつは世辞なんて言わない。仕事はできるということだ」

俊士が言う。

素直にうれしかった。

これまで、まっすぐ褒められたことはない。仕事がうまくできても、中卒が自分よりできるということを認めたくない者が中傷する。たった一つミスをすれば、それ見たことかと嘲り笑う。

飲食店でホールのチーフを任された時も、店長に、中卒の君をわざわざ引き上げたのだから、と恩着せがましく言われた。

ただ長くいたから任されただけで、仕事を認められたとは到底思えなかった。

しかし、俊士の言葉は違う。

啓三郎が本当に見込みがあると言ったのかはともかく、仕事ぶりそのものを率直に褒めてくれた。

それは、自分を評価してくれたことでもある。

「どうする？　啓三郎は、ここで働くなら解体作業チームに入れてもいいと言っている」

「ありがたいんですが……」

そらは目を伏せた。

「犯罪に関わりたくないか？」

俊士はストレートに訊いた。

「正直、それもあります。けど、それ以上に」

そらは顔を上げた。

「あまりに居心地がよすぎて、一度入り込んだら、もうここから出られないのではないかと思って……。こんなに良くしてもらっているのに、すみません」

　頭を下げる。

　俊士は微笑んだ。

「それは杞憂だ」

「そうでしょうか？」

　俊士を見つめる。

「おまえはまだ若い。生きる楽しみを感じれば、必ず自分のしたいことが見つかる。そうなれば、自然にここを出ていく。それまでの間、少しだけ骨を休めて、自分を見つめ直すのもいいんじゃないか？」

「僕は……逃げたくない」

「逃げるわけじゃない。少し立ち止まるだけだ。十五の時から、一人で生きてきたんだ。自分の人生を考える時間もなかっただろう。今一度、この先をどう生きるか。半年、一年、考えてみるのもいいんじゃないか？　表の社会ではそんな時間もないが、ここならできる」

　優しく諭す。

「まあ、いい。もう少し考えろ。こっちはいつまでいてもかまわん。ただ、ここを去る時は一声かけてくれな。一応、やってる事が事だけに、いらん心配をしなきゃいけなくなるから」

俊士は笑い、そらの肩を叩いて出ていった。

そらは座ったまま、宙を見た。

俊士は巧みな言葉で、そらを仲間に引き入れようとしているだけかもしれない。

しかし、俊士の言葉はいちいち心の奥に突き刺さる。

今までほしかった言葉と気持ち、切望していた安心できる空気、静かな時間をくれる。

こんな場所、もうどこにもない……。

そらはうつむいた。太腿に乗せた両拳を握る。自然と涙が溢れた。

5

「では、ランドローバー二台、プリウス三台を月末までに用意するということでよろしいですね？」

白石《しらいし》瑛太は確認をした。

「それでよろしく」

男は片笑みを浮かべた。

瑛太は埼玉県にある中古車販売店を訪れていた。向き合っているのは、この店のオーナーのシンハという男だ。

浅黒く小柄でぽっちゃりとした男だった。目鼻立ちの彫りは深く、口髭を蓄えている。

瑛太は、下見チームを仕切る傍ら、ディーラーとの交渉役も請け負っていた。

依頼者からの要望を聞き、値段と時期を交渉して、俊士に伝えるのが主な仕事だ。

「では、物が手に入り次第、また連絡を」

瑛太が腰を浮かせる。

「ちょっといいかな、ミスター白石」

「なんです？」

瑛太は座り直した。

「ランドローバーとプリウスの値段なんだが」

「いつも通り、ランドローバーが一台七十万、プリウスが九十万でよろしいんですよね？」

「それなんだがね。もう一割か二割、安くならないか？」

「シンハさん、それはムチャだ」

瑛太は両肩を上げてみせた。

「今の値段でも安い方だ。解体込みでこの値段で請け負うところは他にはない」

「そうなんだが……」

シンハは言い淀んだ。

瑛太の眼鏡の奥の双眸が鋭くなる。

「うち以上に安く請け負うところが出てきたんですか？」

シンハに問う。

シンハはしばし押し黙ってうつむいた。そしてやおら顔を上げる。

「君のところの仕事には満足している。解体も、その後の物の運搬も丁寧だ。しかし、傷があってもかまわないからできる限り安い物がほしいという人もいるんだよ。むしろ、そういう客が増えている」

「それはいい。値段の安さに飛びつく者は、いつの時代にもいるものです。問題は、私たちのテリトリーで競合している業者がいるかどうかという点です。どうなんです、シンハさん」

口調は穏やかだが、瞳から笑みは消えた。

シンハは渋い表情で目を逸らした。

瑛太は笑顔を作り直した。

「わかりました。値段の件は持ち帰って上と相談してみます。ただ、値段交渉が終わるまで、車は用意できませんのであしからず」

そう言い、瑛太は席を立った。

店を出て、自分の車に乗り込む。

「どこの輩がうちのシマを荒らしてんだ……」

瑛太は車窓の外を睨み、ギアをドライブに入れた。

6

その夜、そらは食堂兼大広間のプレハブ小屋へ足を向けた。

ドアを開ける。午後七時を回ったところなのに、誰もいなかった。

「いらっしゃい」

伊織が厨房から出てきた。

「今日もカレーしかないの。このところ、シゲさんがカレーに凝っちゃって」

ちらりと厨房を見やる。

この一週間、ずっとカレーだった。

「大丈夫ですよ。カレーは好きですから」

「ごめんね。コロッケあるよ」

「載っけてください」

そらが言う。

伊織は微笑んで頷き、厨房に戻った。三分とかからず、カレー皿を持って戻ってくる。

「どうぞ」

「ありがとう。いただきます」

そらは早速口に運んだ。

ずっと煮込んでいるからか、味が濃厚になっている。

「おいしいですよ」

「ほんとに？」

「はい、ほんとに」

そらが言うと、伊織は目を細めた。

「みんな、まだですか？」

「うん。込み入った話をしているみたいね」

「何の話ですか？」

「さあ。私には教えてくれないから」

小さくため息をつく。

「伊織さん、一つ訊いていいですか？」

「何？」

伊織はそらの隣に腰を下ろした。そらを見つめる。

潤みのある大きな瞳で見つめられると照れる。が、そらはまっすぐ伊織を見返した。

「伊織さんは、ここを出ようと思ったことはないんですか？」

「あるよ」

「どんな時でした？」

「ここでは毎日毎日、食事作ったり、掃除したり、たまに経理の手伝いをするくらいのものでしょう？　遊びに行く場所もないし。いい加減、退屈しちゃって」

「出たんですか？」

「うん、一度だけ。何も言わずにね。そして、いつも遊んでいたところに戻って、昔の仲間と遊び歩いたんだ。でも、一日で帰ってきちゃった」

「なぜです？」

「先が見えなくなったから」

伊織が言った。

「将来ということですか？」

「そう。遊んでいる時は楽しいよ。でも、それは気晴らしじゃなくて、ただ何も考えていないだけ。ううん、考えないようにしたいだけと言った方がいいかな。久しぶりに、そういう空間に身を置いて気づいたの。その時は何も考えなくて、ごまかしていてもいいけど、そうしている間にも時間はどんどん過ぎていく。気がつけば、将来を考える時間をなくして、その日その日を暮らすしかなくなる。それってつまらないなと感じてね」

伊織は淡々と語った。気負いはない。

「なぜ、戻ってきたんですか？　ここに何かあるんですか？」

「そうね……。ここには考える時間がたっぷりある。それとね」

伊織がそらを直視した。

「家族がいる」

「家族……」

「兄さんはもちろんだけど、俊士さんや啓さん、シゲさんもいる。私にとって、みんなは家族だし、ここは実家なの」

「家族か……」

そらは手元を見つめた。

自分が何を渇望していたのか、見えた気がした。

そらが欲していたものは、心から信じられる気の置けない人たちだ。家族という形に縛られない、自分の心を委ねられる本当の身内がほしかったのかもしれない。

「そうか……」

そらの口元に笑みがこぼれた。

ドアが開いた。

俊士や啓三郎たちがぞろぞろと入ってくる。

「終わったみたいね」

伊織が席を立った。

すぐさま、ヒロが駆け寄ってきた。

「おい、そら。てめえ、伊織に手を出してたんじゃねえだろうな」

顔を寄せる。

「勘弁してくださいよ」

そらは苦笑した。

「おいおい、苛めてやんな」

俊士はヒロを引き離し、そらの隣に座った。

対面に啓三郎と解体作業チームの面々が居並んだ。

「また、カレーかよ」

啓三郎がぼやく。

「おいしいですよ」

そらが言う。

「オレはガキじゃねえんだよ。毎日毎日、カレーばっか食えるか！　おい、伊織！　オレはメシだけでいいぞ」

「何、呼び捨てにしてんだよ、ジジイ」

「うるせえなあ、シスコン野郎が」

「なんだと！」

「やんのか、こら」

二人して席を立つ。

「やるなら、表でやってくれ」

俊士は笑った。

若手が厨房に回って、カレー皿やビールやコップを持ってくる。

「おまえも飲むか？」

俊士がそらにコップを差し出した。

「はい、いただきます」

コップを取る。俊士がビールを注《つ》いだ。俊士も自分のコップにビールを注ぐ。

「今日もお疲れさん」

コップを掲げ、口を付けようとする。

「すみません。その前にいいですか？」

「なんだ？」

俊士が手を止めた。

「どれだけここにいるかわかりませんけど。ここで働かせてもらってもいいですか？」

そらは切り出した。

俊士は満面の笑みを浮かべた。

「もちろんだ！　おーい、啓三郎。そらがここで働きたいってよ！」

「おー、そうか！」

啓三郎が席に戻ってきた。

「おまえに預けるが、かまわんな？」

「ああ。こいつは筋がいいからよ。小僧、しっかり働いてもらうぞ。おい、安西《あんざい》。手が空いた時は、こいつを鍛えてやれ」

　啓三郎は隣にいた長髪の青年を見やった。

「わかりました。そら、びしびし教え込むから、覚悟しておけよ」

　そらを見て、微笑む。

「はい」

　そらは頷いた。

「そっか。今日から本当の仲間だな」

　ヒロがそらの肩に手をかけ、顔を寄せた。

「伊織にちょっかいかけんなよ」

「わかってますって」

「ならいい。よろしくな」

　ヒロはそらの背中を叩いた。

「伊織ちゃんもシゲさんも来てくれ」

　俊士が声をかける。厨房から二人が出てきた。ビールの入ったグラスを二人に渡す。

「よし。では、今日より正式にそらは俺たちのファミリーだ。よろしく頼む。乾杯！」

　俊士の掛け声と共にグラスが鳴る。

「よろしくお願いします！」

そらはみんなの顔を見回し、ビールを飲み干した。

ようやく、探していた自分の居場所を見つけた気がしていた。


瑛太は、一人食堂に入らず、外にいた。

スマートフォンを握っている。シンハに電話を入れていた。

「もしもし、先ほどはどうも。値段の件ですが、今回だけは二割五分引きで引き受けることになりました。ついてはですね」

スマホを握り締める。

「競合相手のことを教えてくれませんか？　それが条件です」

語気を強める。

シンハの返事を待つ瑛太の双眸が鋭さを増した。

第2章

1

そらの歓迎会を開いた翌日、瑛太はさっそく、シンハの店を訪れていた。

瑛太の隣には、武井《たけい》という二十代半ばの男がいた。瑛太と同じくスーツに身を固め、細いフレームの眼鏡をかけている。中肉中背で顔にもこれといった特徴はなく、地味な印象の男だった。

しかし、この武井は瑛太の下で下見や交渉の仕事をしていた。

泥棒だからといって、頬かむりをしていかにもな目つきで街をうろつくバカはいない。〝普通〟を装える者こそ、犯罪にはうってつけだ。

印象の薄い武井だが、そこは俊士たちの仲間。いざというときは、躊躇なくその牙を剝く。

シンハは、手元の見積もり書を見つめつつ、時折ちらちらと武井の様子を窺っていた。

武井とは初めて会う。が、蛇《じゃ》の道は蛇《へび》というもので、シンハは一見人畜無害の冴えないサラリーマンに思える武井の奥に潜む狂気を感じ取っていた。

「どうです、シンハさん。その見積りでも不満ですか？」

瑛太が言葉をかけた。

シンハはやおら顔を上げた。

「本当にこの値段でいいのか？」

「今回に限りです。その代わり、私が提示した条件は飲んでいただきますよ」

瑛太は目を細め、見据えた。

シンハの頬が強張る。

「我々と競合しているのは、誰です？」

ストレートに訊く。

シンハは見積もりを握り、顔を伏せる。

「相手の名前と顔写真、彼らが出してきた見積もり書のコピーもあれば付けてもらいたいのですが」

「白石……」

シンハの黒目が当惑し、揺れる。

「値段は元のままでいい。なので、競合相手の情報提供だけは勘弁してくれないか」

「どういう意味です？」

瑛太は微笑みを向けた。が、目は笑っていない。

「こういう商売をしている関係上、あまり揉め事には巻き込まれたくないんだよ。私の立場もわかってもらえないか？」

「もちろん、シンハさんの立場は承知していますよ。しかしですね――」

瑛太は右肘を膝に突いて、上体を傾けた。

「そういう話じゃねえんだよ」

下から睨み上げる。

シンハの眦が引きつった。

「今回の仕事、タダでもかまわねえんだ。あんたがきちんとした情報をくれりゃあな」

低い声で凄み、ゆっくりと上体を起こし、ソファーの背にもたれた。脚を組み、組んだ両手を腿に置いて再び微笑む。

「心配しないでください。我々は、競合相手を知りたいだけです。決して、シンハさんに迷惑はかけません。大事なお得意様でもありますしね」

普段通りの柔らかい口調で言う。

シンハの額には汗が滲んでいた。混乱している様が手に取るようにわかる。

「ああ、それにもう一つ」

瑛太が声を張る。シンハが顔を上げた。

「情報を出さないというのであれば、こちらもきっちり潰させてもらいますよ」

瑛太は口角を上げた。

シンハは色を失った。双肩を落とし、深いため息をついて、重い腰を上げる。

自分のデスクに歩み寄り、最上段の引き出しを開け、クリアファイルを手に取る。一瞬、躊躇を見せたが、もう一度息を吐き、引き出しを閉め、ソファーに戻った。

「ミスター白石。本当に面倒は困る。信じていいんだな？」

「もちろんです」

瑛太は笑みを向けた。

シンハがクリアファイルを差し出した。受け取り、中を覗く。

競合相手の名前と住所が記された見積もり書とプリントされた相手の写真が入っている。

写真をつまみ出した。

「この男に間違いないですね？」

「ああ」

シンハが頷く。

瑛太は写真をクリアファイルに戻し、武井に手渡した。

武井は持っていたビジネスバッグにクリアファイルをしまい、席を立った。シンハに一礼して、一人オフィスを出る。

シンハは武井の背を見送っていた。

「シンハさん」

瑛太が声をかける。

シンハはびくっとして振り向いた。

「なんだ?」

「仕事の話です。月末までにランドローバー二台、プリウス三台は変わりないですか?」

「ああ、それで頼みたいが」

「では、約束通り、今回に限り二割五分引きで請けさせてもらいます」

「いや、それは申し訳ない。こちらこそ、君たちの苦労を知っていながら無理を言ってすまなかった。いつも通りでかまわないよ」

「いえいえ、それではリスクを取ってくれたあなたに申し訳が立たない。今回は、二割五分引きで引き受けさせてください」

「君がそこまで言うなら……」

「ありがとうございます」

瑛太は両膝に手を置いて、深々と頭を下げた。上体を起こし、立ち上がる。

「では、今後とも末永いお付き合いを」

瑛太はもう一度頭を下げ、バッグを手にしてオフィスを出た。

シンハは、瑛太がドアの向こうに出たのを確認し、懐からスマホを取り出した。

「……もしもし、私だ。少々まずいことになった。来てくれないか」

ドア口を見つめながら、電話先の相手にそう言った。


瑛太は待っていた車に駆け寄った。助手席に乗り込む。運転席には武井がいた。

「出せ」

瑛太が言うと、車が滑り出した。

百メートルほど先の角を曲がったところで、瑛太は停まるよう命じた。武井は路肩に車を寄せ、停めた。

「さっきのファイルを」

瑛太が言う。

武井はバッグからクリアファイルを出した。スマートフォンを出し、見積もり書の一枚一枚と顔写真を撮る。その画像を添付し、メールを送信した。

隣で武井のスマートフォンが鳴った。内ポケットからスマホを取り出し、メールと添付ファイルを確認する。

「入ってるか？」

「はい」

「見積もりに書いてある会社名と住所、名前も確認できるな？」

「はい、しっかりと」

武井が頷く。

「おまえはここで店を見張ってろ。この男は必ず、シンハのところに来る」

瑛太はクリアファイル内の写真を叩き、ファイルを自分のバッグにしまった。

「現われたら、尾行して連中のヤサを特定し、俺に連絡を入れてその場で待機してろ」

「出入りですか？」

「それは戻って相談する。もしバレて捕まった時は――」

助手席のドアを開け、左脚を出す。

「何人か、殺っちまえ」

「承知しました」

眼鏡の奥で武井の双眸が鈍く光った。

「すぐ応援を送る。GPSは入れておけ」

瑛太はそう命じ、車を降りた。

2

「そら！　ホイールを外せたか？」

啓三郎から声がかかる。

「はい。全部外しました」

「次は、同じ車種のホイールを四つワンセットにして分けておけ！」

「わかりました！」

そらは大声で答えた。

そらはさっそく、解体工場で働いていた。

工場内は、重機や旋盤の音でとにかくうるさい。空調は点けているものの工場内は暑く、朝はからからに乾いていたタオルが、昼過ぎにはぐっしょりと湿るほど汗をかいた。

だが、それも心地いい。

していることは、窃盗車両の解体だが、汗を流して働いていることに変わりはない。

死んだ父親も、油まみれになりながら暑い工場で日々仕事に励んでいた。

仕事を終えた父は、母の作った料理をつまみ、ビールを飲むのが日課だった。最初の一杯を飲む時の父のうれしそうな顔は今でも鮮明に覚えている。

父は毎日、こんな気分を味わっていたんだろうな、と思う。

ついぞ、父の下で働くことはなかったが、そらは今、本当はあったかもしれない人生を追体験している気分だった。

俊士たちの工場は、正規の自動車解体業も営んでいる。

自動車解体の流れは、単純なものだった。

まず、廃車からフロンガスやオイルを抜き、エアバッグを回収する。それから車のドアやバンパー、タイヤなど、外装でリサイクルできる部品を取り外していき、その後、バッテリーやエンジン、ミッション、ランプ類、カーオーディオなども外し、配線を引き抜いて、ボディーと他のパーツを完全に分ける。

ドアガラスは砕いて回収し、その後、ボディー部分や配線、鉄くずなどをそれぞれの金属の種類に分類し、大きなシュレッダーにかけ、プレスして金属の塊にし、出荷する。

モータープールと呼ばれる廃車置き場から奥へ奥へと流れるように作業場が続いている。

通常の解体業務では、最後の工程から鉄くずを出して終わりなのだが、ここでは、途中から二つの工程に分かれる。

最初のオイル抜きやエアバッグの処理、ドアなどの外装パーツの取り外しまでは、同じ作業場で行なう。

そこから先は二手に分かれる。

通常の解体品として扱われるものは、右手にある正規のラインへ流される。盗品として出荷するものは、左手の重機に隠された作業場へ運ばれる。

そらはそこで働いている。責任者は啓三郎だ。安西や初日に表門で見かけた坊主頭の神戸も同じく裏工場の工員だった。

ここでは、本来破砕するガラスなどを残し、一つ一つのパーツを丁寧に取り出して梱包していく。

また、普通ならプレスされるボディーもそのままの形状を維持し、曲がったり凹んだりしないよう強化包装される。

すべてをバラバラにし、リサイクル品のように見せかけ、コンテナ内に収めた後、通常出荷の鉄くずなどでカムフラージュする。

分解したパーツは、出荷先の現地工場で組み立てられ、元の高級車として再生する。

かつては、盗んだ高級車をそのまま業者に引き渡していたこともあった。しかし、外国船への検閲が厳しくなり、パーツに分解し、偽装する必要が出てきた。

多くの同業他社は、車のボディーを分断して、現地工場で再溶接する。昔、頻繁に行なわれたニコイチの方法だ。

同車種を二分割して、それぞれの前部と後部をつなぎ合わせる。そうすれば、車体番号などが割れても、足がつきにくい。

しかし、この手法では本体の強度が落ちる。

それを嫌うユーザーの要望に応え、俊士の工場では、ボディーには手を加えず、そのまま出荷できる方策を考えた。

取引量は少ないが、その細やかな配慮がユーザーに受け入れられ、俊士の工場から出荷される盗品は、市場の二倍から三倍の値で扱われていた。

そらはホイールを車種別に分けると、ホースを持って水をかけ、洗い始めた。

そらが任されている仕事は、簡単に取り外しできるパーツの分解と洗浄だ。配線やミッションなどの取り外しは、啓三郎や安西のようなベテランが行なっている。

誰もが黙々と作業を続けている。その仕事ぶりは真剣だ。

身を置いてみると、そこが自動車窃盗団の巣窟だとは到底思えなかった。

啓三郎がバーナーを置いた。くすんだタオルで汗を拭い、立ち上がる。

「昼飯にするぞ！」

号令をかけた。

工員たちは一斉に手を止め、ぞろぞろと作業場から出ていく。

そらの許に啓三郎が歩み寄ってきた。

「そら。初仕事はどうだ？」

「はい、楽しいです」

「楽しいか。そりゃいい」

啓三郎が抜けた歯を見せて笑い、肩に手を回した。歩きながら引き寄せる。

「おまえに訊きてえことがあるんだが」

「何ですか？」

首を引いて、顔を少し避ける。

啓三郎はさらに顔を近づけた。

「おまえ、俊士とオレのどっちに付く？」

「どういう意味ですか？」

「俊士のグループに入るか、オレのところに入るかってことだ」

肩を強く握る。

そらは多少、顔をしかめた。

「そんなことを言われても……。ここの人たちはみんなファミリーなんでしょう？」

「そりゃ、俊士が勝手に言っているだけだ。オレはヤツを家族だなんて思ったことは一度もねえ」

啓三郎は奥歯を噛んだ。

啓三郎の下で働く以上、啓三郎に従うのが筋なのかもしれない。が、そらはなぜか返事ができなかった。

違う気がした。

俊士やヒロは、この敷地内にいる人間を本気で仲間や家族と思っている気がする。伊織は啓三郎も含めて〝家族〟と呼んでいた。

誰かに、あるいはどちらかに付くというのは、この雰囲気にそぐわない気もするし、何より、そら自身が望んでいない。

犯罪者の集まりなのかもしれないが、連れてこられてからずっと感じていたのは、絆のようなものだった。

どちらかへ付き、内部で争うようになれば、それこそ表の息苦しい世界と変わらない場所になってしまう。

いや、犯罪を行なっている分、タチが悪いかもしれない。

それは嫌だ。しかし、言い出せない。

押し黙っていると、啓三郎が肩を叩いた。

「まあ、すぐに答えを出す必要はねえ。オレに付く気になったら、いつでも言ってくれ」

もう一度肩を叩き、そらより先に工場を出る。

そらは啓三郎の背中を見つめ、ため息をついた。

3

その夜、そらが食堂の片隅で一人、夕食を摂っていると、伊織が近づいてきた。

「どう？　今日のレバニラ炒めは？」

向かいの席に座り、両腕をテーブルに乗せ、微笑みかける。

「おいしいです」

そらは満面の笑みを見せ、炒め物を頬張った。

伊織は、ご飯とおかずをかき込むそらを見て、目を細めた。

「ほんと、君っておいしそうに食べるね」

「うまいからですよ。まずい時にはまずい顔をします」

そう言い、箸を動かし続ける。

「初仕事、どうだった？」

「楽しかったです。元々、何かを分解したり組み立てたりするのは好きだったんで」

「そっか。ここには馴染めそう？」

「はい。……あ」

そらは箸を止めた。手元の茶碗を見つめる。

「何かあった？」

伊織が微笑んだまま首を傾けた。

そらは顔を上げ、伊織を見つめた。

「伊織さん、訊いてもいいですか？」

「どうぞ」

口角が上がる。

「今日、啓三郎さんから訊かれたんです。啓さんに付くか、俊士さんに付くかと」

「それかあ」

伊織は眉尻を下げ、息をついた。

「君はどう答えたの？」

「答えませんでした」

「どうして？」

伊織が淡々と訊く。

そらは一口水を含み、喉に流し込んで再び口を開いた。

「なんか、違う気がしたんです」

「違うって？」

「ここの人たちは、みんな一つの何かでつながっている気がして。僕はその空気が心地よくて、ここへ置いてもらおうと思いました。だから、誰かに付く付かないというよりは、この場所の一員として身を置いていたい。そう思って」

「啓さんに思いは伝えた？」

「いえ。言えませんでした……」

「それでいいよ」

伊織が言う。

そらは目を開いた。

「啓さんは、新人さんが入ると必ず、そう訊くんだよ。試しているわけじゃなくてね。本当に取り巻きがほしいみたい」

「なぜですか？」

「共同で設立したこの場所の代表が俊士さんになっていることへの不満。登記上、建設業許可を持っていた俊士さんが代表になるのは仕方がなかったのね。俊士さんはそれは登記上のことで、啓さんとは五分だと思っているけど、周りの人たちは、どうしても俊士さんを代表に見る。二番手に甘んじているのが気に入らないのよ」

「でも、啓さんも設立者として一目置かれてますよね。なぜ、執着するんだろう」

　そらが首を傾げる。

「啓さん、ある組の若頭だったのね」

「本当だったんですか、その話？」

　そらは目を丸くした。

「うん。次の組長は啓さんに間違いないと言われてた。けど、啓さんの右腕が裏切ってね。啓さんを嵌めてトップの椅子をもぎ取り、啓さんを追いだしたんだ」

「そんなことが……」

「だから、トップへの執着は強いし、周りの人たちをあまり信じない。でも、自分に付くという人はほしがる。信じたいんだよね、ほんとは。啓さんの気持ち、ちょっとわかる」

伊織がふっと窓の外に視線を投げた。

その横顔に、哀しみというか憂いのようなものが滲んでいた。

たった二つしか歳の違わない伊織が、とても大人びて見えた。

「ただ、上に立つことと人を信じることは違う。人を信じるというのは個人の思いでできることだけど、上に立つのは周りの人が決めること。啓さんも本当はわかってる。わかってるけど、昔の口惜しさを捨てられない。俊士さんは自分が上だなんて思ってなくて、いつも啓さんに相談しているんだけど、それでも啓さんには自分が手下のように感じちゃうんだろうな。そういう世界で生きてきた人だから」

「僕はどうすればいいですか？」

そらは訊いた。

「それは君が決めること」

伊織が深く微笑む。

「君の胸に訊いて、その声に従えばいい。私はさっき君が言ったように、啓さんも含めて、みんなが一つであることがうれしい。だから、そういうふうに振る舞うだけ。おかわりあるよ。いる？」

「あ、はい」

そらは残った白飯をかき込み、茶碗を渡した。伊織が茶碗を持って、厨房に戻る。

自分で決めろ、か。

そらは小さく頷いた。

4

従業員たちが夕食を済ませた後、俊士とヒロが食堂の一番奥の席で顔を突き合わせていた。ビールを傾けているが、二人とも眉間に皺を寄せ、小難しい顔をしている。

「やっぱ、戦争になりそうですか？」

ヒロが訊いた。

「そうなりそうだな……」

俊士がコップを握る。

伊織が瓶ビールを二本持って、テーブルに近づいた。

「また、物騒なことになりそうなの？」

瓶を置いて、ヒロを見る。

「おまえには関係ねえよ」

ヒロは瓶を取り、俊士と自分のコップにビールを注いだ。

「わかってる。ただ、一つお願いがあって」

「何だよ」

伊織を見上げる。

「そら君をトラブルに巻き込まないであげてほしいんだ」

「そらを？　なんで、おまえがそんなこと言うんだ。まさか、おまえ――」

「もう、兄さんはすぐそれ。違うって」

呆れ顔で息を吐く。

「そら君は、いずれ出ていく人だよ。できれば、ここを出てもがんばれる思い出だけを残して送り出してあげたいなと思って」

「同感だな」

俊士が言った。

「心配するな。そらは深入りさせない。な、ヒロ」

「ああ、俊士さんの言う通りだ。あいつはおれらに似てるが、擦れちゃいねえからな。それにあいつが深入りしたところで、戦力にはならねえ」

ヒロは笑った。

「よかった。私、もう上がるから、あとは適当にやってね」

「おう、お疲れ」

「ご苦労さん」

俊士が微笑む。

「おやすみ」

伊織は言い、食堂を出た。

入れ替わりに、瑛太と啓三郎が入ってくる。啓三郎はスウェットのズボンのポケットに手を差し込み、大欠伸《あくび》をしながらガニ股で歩み寄ってきた。

「なんだよ、俊士。明日も早《はえ》えんだぞ」

俊士の隣に腰を下ろし、もう一度欠伸をする。そして、俊士のコップを取り、ビールを流し込んだ。

瑛太はヒロの隣に座った。

「飲むか？」

ヒロはビール瓶を持ち上げる。

「いえ、私は」

瑛太は右手を上げ、遠慮した。

ヒロは新しいコップにビールを注ぎ、俊士の前に差し出した。腕を伸ばし、啓三郎のコップにもビールを注ぐ。

「何の話だ？」

啓三郎は俊士を見た。

「例の競合相手の話だ。瑛太、何かわかったか？」

「はい」

瑛太はタブレットをテーブルに置いた。

「武井を張りつかせていましたが、午後七時過ぎ、写真の男が現われました。二時間後にシンハの店から出てきて、その後、尾行した結果、男は見積もり書にあった川崎の双実商事の事務所に入っていきました」

「双実商事の代表の稲福完《いなふくたもつ》という男の背景はわかったか？」

俊士が訊く。

と、啓三郎が手を止めた。

「おい、稲福完というヤツ、どういう字を書くんだ？」

「これです」

瑛太は該当する箇所を拡大し、啓三郎に向けた。

啓三郎は顔を近づけ、字を睨んだ。

「こいつ、イナカンじゃねえか？」

「イナカン？」

俊士が訊く。

「覚えてねえか？　オレらが現役の頃、川崎の方で若え《わけ》バカどもを集めて、車上荒らしやって凌《しの》いでたというチンピラ」

「デブでチンみたいな顔したやつか？」

「そうそう。顔中出来物だらけで、真っ赤だったブタだ」

啓三郎が大笑いする。

「なんですか、そのイナカンって野郎は」

ヒロが俊士を見る。

「イナフクタモツ。通称、イナカン。川崎にある岡田会の準構成員だったチンピラで、啓三郎が言った通り、ガキを集めて車上荒らしをやってたんだけどな」

俊士の話を、啓三郎が受ける。

「そのうちの一人が、当時、オレがいた組幹部のベンツに手を出しちまってな。追い込みかけて、イナカンをとっ捕まえたんだよ。ヤツは半べそで、小便垂らして謝って、売り上げのほとんどをオレたちに渡した。けど、オレらの車に手を出して、それじゃあ済まねえよな。結局、岡田会はイナカンを破門にして、こっちも矛を収めたというわけだ」

さらっと話し、ビールを呷る。空になったコップにビールを足した。

「つまり、破門されたチンピラが、自分のシノギとして高級自動車窃盗を始めたというわけですか？」

瑛太が訊いた。

「まあ、そういうところだろうよ」

啓三郎が言う。

が、俊士は腕組みをした。

「啓三郎、事はそう単純じゃないかもしれないぞ」

「なんだ？　イナカンぐらい、簡単に潰せるだろうがよ」

「イナカンは問題じゃない。だが、おかしいと思わないか？　破門されたヤツが堂々と窃盗に足を踏み入れるなんてのは。窃盗団を組むとなりゃあ、それなりに捌くルートの確保は必要だ。その時、どうあれ裏組織には通ずる。ケツ持ちがいるんじゃないか？」

「誰が破門されたチンピラのケツを持つってんだ。組のモンは、そんな面倒は背負わねえぞ」

「だろう？　だからこそ、面倒だ。瑛太。双実商事の背後を、もう少し調べろ」

　俊士が言う。

「待て待て待て。そんなもん、調べる必要はねえだろうが」

　啓三郎が言った。

「イナカンをぶっ潰しゃあ、後ろにいる誰かも出てくる。そいつも潰しゃあいいだけだ。違うか、俊士？」

　首を傾け、睨み上げる。

「啓三郎。俺たちはもうヤクザじゃないんだ。競合する連中は潰すが、できれば、穏便に事を済ませたい。ここには、普通の解体作業に従事している者もいる。そいつらまで巻き込むことはない」

「おうおう、高尚だな、てめえは。車泥棒のくせしてよお」

　啓三郎はコップをテーブルに叩きつけた。ビールが飛び散る。

　ピリッと空気が張り詰めた。俊士は動じない。静かに啓三郎を見据えている。

　対面にいたヒロと瑛太の顔が蒼くなっていた。

　と、不意にドアが開いた。

　全員がドア口に鋭い視線を向けた。

そらだった。

そらは、ただならない気配をまとった四人を見て、一瞬竦み、ドア口で立ち止まった。

「なんだ？」

ヒロが声をかける。

「喉が渇いたんで、ジュースを飲もうかと思って……。なんか、すみません」

そのまま出ようとする。

ヒロが席を立った。俊士を見て小さく頷き、そらに駆け寄る。

「おい、ジュース飲むんだろ。来いよ」

「いいんですか？」

「いいよ。おれら、ビール飲んでただけだ。おまえも飲むか？」

「いえ、お酒は……」

「じゃあ、冷蔵庫から何か取ってこい。おれもちょうど、切り上げようと思ってたところだ」

ヒロが促す。

そらは冷蔵庫に駆け寄り、オレンジジュースの缶を取り、ドア口へ戻った。ヒロがそらと並んでドア口に立つ。

「じゃあ、みなさん、お先です」

ヒロは声をかけた。

そらも会釈し、ヒロと共に外へ出た。

ドアが閉まる。三人は同時に息を吐いた。

「あのガキ、聞いちまったかな」

啓三郎がドア口を睨む。

「聞いてないよ。あいつは素直だ。聞いていたら、ビビって、わざわざ入ってくるような真似はできない」

俊士が言う。

「それもそうだな」

啓三郎は鼻で笑い、ビールを干した。

俊士も残ったビールを飲み干す。そして、啓三郎と瑛太を交互に見た。

「ともかく、双実商事の背後は調べてみよう。いいな、啓三郎」

「イナカンはどうすんだ？」

「心配するな。調べがつき次第、潰す」

俊士の双眸が鋭く光った。

啓三郎はにやりとし、空いたコップにビールを注いだ。

「あの……ヒロさん」

「なんだ？」

「まずかったですか？」

「何がだ？」

「いや……なんか、食堂に近づいた時、啓さんの怒鳴り声が聞こえたんで、喧嘩にでもなってるのかなと思って」

そらはちらちらとヒロの顔を窺った。

「啓さんと俊士さんが言い合うのは、挨拶みたいなもんだ。これからもしょっちゅう、遭遇することになるぞ」

そう言い、ヒロは笑った。

そらは少しホッとし、強張った頬を緩めた。

「俊士さんと啓さん、仲が悪いんですか？」

「そんなことはねえよ。ただ、二人ともそれなりに頑張ってた人なんで、衝突することはある」

「啓さんが暴力団のナンバー2だったことは、伊織さんから聞きました」

「あのバカ、余計なことを……」

ヒロが舌打ちする。

「違うんです。僕が啓さんからどっちに付くかと聞かれて、その相談をした時に教えてくれたんです」

「ああ、啓さんのいつものやつな。おまえ、啓さんに付くんじゃねえだろうな?」

「いえ。僕はどちらにも付きません」

「俊士さんにも付かないってのか?」

ヒロが立ち止まり、そらを見た。

「伊織さんに、自分で考えろと言われたんです。心の声に従えと。さっきまでそれを考えていて眠れなかったんですけど、自分の中では答えが出ました」

「どう決めたんだ?」

「どっちかに付くんじゃなくて、僕はここでみんなと一緒にいたい。それだけです。だから、誰に付くとかじゃなくて、ここのみんなを大事にしたいなと思って。こんな答えでいいですか?」

そらがヒロを見やる。

ヒロは白い歯を見せた。

「わかってんじゃねえか」

そらの肩を抱いて、強く握る。

「それでいいよ。おれもそう思ってる。けどな――」

肩から手を離した。

「人が集まると、頭を張りたくなる者も現われりゃあ、徒党を組みたがる連中も湧いてくる。おれとか俊士さん、おまえもそうだな。みんなでわいわいやってるだけの方が好きなヤツも、そうした連中のくだらねえ争いにまかれて、どっちかに付かざるを得なくなったり、そこを離れなきゃならなくなったりする。集団になると、どうにも抗えない宿命みたいなもんだな」

「ここでも、そうなんですか？」

「ここも集団だ。今はうまくいっているが、いつそうした集団の負の部分が頭をもたげるか、わからねえ。そんな時は、だ」

ヒロは拳を握った。

「常にてめえのここに訊け」

そらの胸を軽く小突く。

そらは胸が熱くなるのを感じた。

「俊士さんの話は、また教えてやるよ。明日も忙しい。今日は寝ろ」

「そうですね。ありがとうございました」

「あー、それと」

ヒロは肩を強く引き寄せた。

「あんま、伊織に近づくんじゃねえぞ」

低い声で凄む。

「わかってますって……」

そらは苦笑した。

5

双実商事の事務所は、京急川崎駅から徒歩で十五分ほど歩いた多摩川べりの六郷橋付近にあるプレハブ小屋の集合体だった。南には川崎競馬場もある。

解体業を営んでいるが、解体工場はまた別の場所にある。ここでは、作業指示と簡単なパーツ販売、値段交渉などを行なっていた。

広い駐車場のような敷地に四つのプレハブ小屋が点在している。午前零時を過ぎてもまだ、敷地の最奥にあるプレハブ小屋の明かりが灯っている。

小屋から漏れる明かりが川面に揺れていた。

中には、代表の稲福完とシンハの事務所を訪れた城内邦和《きうちくにかず》、他二名の手下がいた。

「シンハが断わってきたというのは本当か？」

稲福がぎろっと目を剝いた。

「はい。取引の変更はできないと……」

城内が言う。

「理由は？」

「実績に不安があるとか、うちのスケジュールでは間に合わないとか、いろいろ言ってましたが、はっきりしません」

「てめえは何やってんだ！」

稲福がテーブルを蹴飛ばした。

コップが倒れ、テーブルのへりが城内の脛にぶつかる。城内は顔をしかめたが、声は洩らさなかった。

「奥園《おくぞの》や美濃《みの》に邪魔されたんじゃねえのか」

「それはなんとも……」

「てめえ、そんな調べもつけられねえのか。やめちまえ！」

持っていた金のライターを投げつける。ライターは城内の額に当たり、床に落ちた。

「おい、おまえら！」

城内の後ろに立っていた男二人を見る。

「今からシンハを捕まえて、理由を訊いて来い」

「今からですか？」

一人が訊き返す。

出来物で赤くなっている顔が、ますます真っ赤になった。太い眉を吊り上げ、分厚い唇を震わせる。

「今と言ったら、今だろうが！　さっさと行ってこい！」

唾を飛ばし、吼える。

二人は直立して返事をすると、逃げるように事務所を飛び出した。

「まったく……どいつもこいつも使えねえ」

稲福はスーツのポケットからエルメスのハンカチを取り出し、金のロレックスを揺らしつつ、額から噴く汗を拭った。

葉巻を取り出した。先端を噛み切って吐き出し、咥える。

城内はすぐさま、投げつけられたライターを拾い、脇に駆け寄って火を点けた。

稲福は二、三度吸い込み、太い指で挟んだ葉巻を口から外した。濃い煙を吐き出す。事務所内に甘い香りが広がった。

ソファーに深くもたれ、短い脚を組む。スリーピースのベストはでっぷりとした腹に迫《せ》り出され、今にもボタンが飛びそうだった。

「城内よお、もうちょっとしっかりしてくれよ」

「すみません……」

差し向かいのソファーに浅く座り、両手を腿に置いて頭を下げる。

「おまえも覚えてるだろう。美濃啓三郎からカチコミを食らったばかりに、岡田会を破門された時のことをよ」

「覚えてます」

「五年前、俺が三十八、おまえが三十の時だったよな。これからのし上がろうって時に、ただの酒乱にやられちまった。しかも、美濃を殺《や》ろうとしたら、奥園のガキに返り討ちに遭った。悔しかったよなあ、ありゃあ……」

目を剝いて、吹かした煙を追う。

「あの頃の屈辱を知ってるのは、俺とおまえだけだ。新しい連中は、何も知らねえ。あの二人を殺りてえのは、俺とおまえだ。そうだよな？」

「はい。だから、オレは稲福さんについてきたんです」

城内が頷く。

城内は、稲福が車上荒らしの集団を率いていた時、稲福の下で実働隊を仕切っていた、実質のナンバー2だった。

稲福は当時、岡田会の準構成員だったが、上納金を積み、構成員に昇格する寸前だった。昇格したら、稲福組を起ち上げ、城内や他の仲間も盃をもらい、〝本物〟になるはずだった。が、仲間の一人が、啓三郎の所属する組のベンツに手を出してしまい、責任を取らされる形で稲福は破門された。

それまでの苦労が、一瞬にして飛んだ。

稲福についていく予定だった仲間は、一人、また一人と減り、ついには城内だけとなった。稲福に復活の芽はない、なぜついていくのだ、と昔の仲間に言われ、他の組に誘われたこともある。

しかし、城内はすべて断わった。

稲福は短気で癇癪持ちで、小心なところもある、いわゆる小物だ。精一杯、ブランド物で身を固めているが、見た目ほどの貫禄はない。

だが、目的もなく、路上の喧嘩に明け暮れていた城内に道をくれたのは、稲福だった。

誰もが避けるようになっていた城内を笑顔で迎え入れ、飯を食わせてくれ、仕事を与えてくれたのは稲福だった。

天涯孤独だった城内に、そこまでしてくれた者は、三十五年間生きてきた中で、稲福以外いない。

城内にとって、稲福は兄であり、親でもあった。

稲福が破門され、身を落としている時は、城内が働き、稲福を食わせた。それは、城内にとって、働けなくなった親に援助していることと変わりなかった。

そうして稲福と二人、不遇をかこっていたが、半年前、転機が訪れた。

突然、稲福の許に出資したいという者が現われた。

かつての車上荒らしの腕を買い、自動車窃盗の組織を組んでくれないか、という話だった。

話を持ってきたのがどんな人物なのか、城内は詳しくは知らない。

資金提供者、オーナーを知っているのは稲福だけだった。

それでも、城内はチャンスだと思った。

美濃啓三郎と奥園俊士がヤクザをやめ、自動車窃盗を生業にしていたことは、昔の仲間を通じて耳にしていた。

今度こそ、連中を潰す好機だ。

オーナーがどういう意図を持って、啓三郎たちの仕事と競合させようとしているのかはわからない。

だが、城内にとってはどうでもいい。

美濃と奥園を叩きのめすことができれば、それで私怨は晴れる。やられた相手に一矢報いるのが、肩で風を切る男の生き様だと信じていた。

「稲福さん」

「なんだ？」

片眉を上げ、城内に煙を吹きかける。

城内の顔に煙がまとわりつく。が、城内は目を細めただけだった。

「この際、美濃たちの工場を叩いちまいますか？」

「なんだ、唐突に……」

稲福が口に運びかけた葉巻を止める。

「シンハの件はともかく、これから本格的に盗難車で稼ごうとすれば、いずれ連中とは衝突します。なら、本腰を入れる前に、連中をぶっ叩いて、連中の持っている販売ルートまで奪ってしまう方が合理的じゃないかと思うんですが」

「だから、てめえは知恵がねえってんだ！」

稲福は葉巻を投げつけた。

たまらず避ける。火玉が、ソファーの背を焼いた。

「ソファーが焼けちまったじゃねえか！」

「すみません！」

城内は急いで葉巻を拾った。灰皿に戻す。

稲福は葉巻をつまんで、咥えた。一口吸って、灰皿で火をもみ消す。

「潰すったって、どうすんだ？」

「人数かけてカチ込めば、少なくともどっちかの首は取れます。二人の首は取れないまでも、工場を破壊してしまえば、ヤツらも仕事になりません。その隙に、市場を独占してしまえばいいんじゃねえですか？」

城内が話す。

稲福は深いため息とともに煙を吐き出した。

「おまえ、五年前のこと、忘れてねえよな？」

「忘れてないですよ」

「だったら、わかるだろうが。向こうには、美濃と奥園が揃ってるんだぞ。一人でも厄介な武闘派が二人も揃い踏みだ。雑魚をかき集めたところで、無駄に死体を増やすだけだ」

「けど、今みたいに、連中の取引先を一つ一つ調べて、その都度、こっちに引き入れるようなやり方をしていたら、それこそ届きませんよ、連中には。むしろ、こっちの素性がバレるリスクが高くなる。素性がわかれば、連中から踏み込んできますよ。そうなりゃ、こっちも無傷じゃ済まねえ。先手必勝だと思いますが」

力説する。

「心配するな。素性がバレても、あいつらはここに踏み込めねえ」

「なぜです？」

「おまえが知る必要はねえがな。美濃はともかく、奥園がいれば、大丈夫だ」

「奥園は、こっちの味方ということですか？」

「深く考えるな。おまえは今の切り崩しを淡々と続けていればいい。邪魔するやつが奥園たちでない時の方が厄介だから、そこを調べろと言っているまでだ。今日はもういいぞ」

「稲福さん！」

「てめえ、親に逆らう気か？」

ぎろりと目を剝く。

城内は太腿の上で拳を握り、うつむいた。

「いえ……」

唇を嚙む。

「だったら、この話は終わりだ」

稲福が言う。

城内は深々と腰を折って事務所を出た。

「親父、奥園と通じてんのか……？」

自分の車に近づきながら、多摩川を見つめた。

6

シンハは事務所近くのスナックで酒を飲んでいた。

行きつけの店だった。年のわからない鶏ガラのように痩せたママとどこの出身だかわからない女性店員が二名いるだけの店だ。

訪れる客も、どこか一癖も二癖もありそうな者ばかり。

しかし、繁華街の小じゃれた店に行って、蔑むような目で見られ、肩身の狭い思いをしてひっそり飲むよりはよほどマシだった。

「シンハちゃん、今日は歌わないの？」

ママがしゃがれた声で訊いてくる。

「今日はいいよ。ママ、飲んで」

「ありがとう。いただくよ」

ママはシンハがキープしているウイスキーボトルを取り、自分のグラスに注いだ。遠慮なくグラスを満たす。まるで、麦茶でも飲むようにストレートのウイスキーを呷った。

シンハは苦笑した。

ドアが開いた。横目で入口を見やる。安っぽいスーツを着た二十代と思われる若者が二人、入ってきた。

「いらっしゃい」

ホステスの一人が作り笑顔を浮かべ、二人に歩み寄った。

「お客さん、初めてですね」

一人の男の腕を取ろうとする。

男はホステスを突き飛ばした。足がもつれ、傘立てと共に倒れる。

「何すんだい！」

カウンターの中から、ママが怒鳴った。細身の割に通る声だった。

男たちはママの方を見ようともせず、シンハに近づいた。背後で両脇に立つ。

「シンハさんですね」

右手の男が言う。

シンハはグラスを両手で握り、固まった。

「双実商事の者です」

男が続ける。

シンハの眦が強張った。

「ちょっと取引のことで訊きたいので、付き合ってもらえませんか？」

右の男が肩に手をかけた。

瞬間、シンハはグラスのウイスキーを顔に浴びせかけた。

男が怯んだ。

シンハは席から飛び降り、ドア口へ走ろうとした。

が、左にいた男に襟首をつかまれた。

「おいおい、俺たちはちょっと話をしてえと言ってるだけじゃねえか。いきなり酒をかけるなんざ、非常識にもほどがある」

言いながら、首を絞めあげる。

シンハは喉元を指で掻き毟った。

「俺らも殺しはしたくねえんだ。ちょっと付き合ってくれよ」

そう言い、男はシンハを引きずった。

ドア口へ向かう。酒をかけられた男は、おしぼりで顔を拭き、連れの後に続いた。

シンハの顔がみるみる赤く膨れていく。見開いた目も血走る。だが、男は気にもせず、シンハを引きずり続けた。

ノブに手をかけ、ドアを開ける。

表へ出ようとした。

いきなり、大きな拳の影が眼前に迫った。

男は目を見開いた。

瞬間、脳を揺るがすほどの衝撃が走った。

男の鼻梁が歪んだ。前歯が折れ、口がへこむ。殴られた男は後方に吹っ飛び、後転して、フロアにうつぶせた。

「きゃー!」

ホステスの一人が叫んだ。

男は白目を剝いて口から血を吐き出し、ひくひくと痙攣していた。

大きな人影がぬらりと店内へ入ってきた。膝を突いているシンハの腕を持ち、立たせる。

「武井さん！」

シンハは涙に潤む目で、武井を見つめた。

武井は双実商事を見張っていた。そして、二人の男が出かけていくのを目にし、見張りを他の者に任せて追ってきた。

「ちょっと隅で待っていてください」

武井はもう一人の男を見据え、シンハを脇に追いやった。

「双実商事の方が、こんな時間にシンハさんに何の用ですかね？」

「うるせえ……」

男はポケットからナイフを取り出した。

刃を振り出し、切っ先を向ける。

武井は眼鏡を取った。睨んだまま、内ポケットに入れる。

「刃物抜いたからには、覚悟しろよ」

武井の双眸が吊り上がった。

第3章

1

武井は自然体で構え、ナイフを握った男を見据えた。

男は武井を見返し、何度も何度もナイフのグリップを握り返していた。

武井の圧力に男の頬がひきつる。こめかみにじわりと脂汗が滲む。

「どうした？　お見合いにでも来たのか？」

武井が片笑みを浮かべた。

男が奥歯を噛みしめた。双眸に怒気が宿る。グリップを握る男の爪が手のひらに食い込む。

「さっさと来い。それとも、あきらめて土下座でもするか？」

武井は挑発した。

「ちくしょう……」

男は目を剝いた。左手にナイフを持ち替え、右手のひらをグリップの底に添える。

男が腰を落とした。低い体勢で突進してくる。

男の体が武井の懐に入った。男がナイフを突き出す。

武井は左足を引いて、体を半身に開いた。同時に、男の左手首を握る。男の動きが止まった。

「おまえ、ドスを使ったことねえだろ」

手首を握り絞る。

男は相貌を歪めた。手が開き、ナイフが足元に落ちる。

武井は男を振り飛ばした。男の体が反転した。足がもつれ、壁に背を打ち付ける。男は息を詰め、背を反らした。

武井は落ちたナイフを拾った。

「こんなふうに刃物を握ったときは、突き出しちゃいけねえ」

左手で握り、グリップの底に右手のひらを添える。

「体ごと、ぶち当たるんだよ」

言うなり、武井は腰を落とし、男に突っ込んだ。

男は目を見開いた。

どんっ！　と音がした。

フロアの端にいたシンハやホステスが顔を強張らせた。

武井と男の動きが止まる。武井が上体を起こす。男は両膝を震わせた。そのまま力なく、壁伝いにずるずると崩れ落ちる。

ナイフは壁に刺さっていた。刃は半分以上、壁にめり込んでいた。

「な。体ごと当たりゃあ、心臓もぐさりといくんだ。おまえみたいなやり方じゃあ、かすり傷にもなりゃしねえ」

武井は男の髪の毛をつかんだ。

左膝を顔面に叩き込む。男の顔が歪んだ。血が四散し、壁に赤い筋が走る。男は白目を剝いて、床に横たわった。

「シンハさん。そいつのベルトを抜いて、後ろ手に縛ってもらえませんか?」

最初に殴り倒した男を見やる。

「あ、ああ……」

シンハは頷き、男に歩み寄った。

武井はナイフを出した男を後ろ手に縛り、立ち上がった。

「ママ。ここを朝まで貸し切りにしたいんだが」

「いくらだい?」

「三十。この子らの日当も出すよ」

ホステス二人に目を向ける。

「その子らには三万。うちは、二人の分を抜いた二十四でいいよ」

ママは言い、厨房の丸椅子から立ち上がった。武井は、財布から三十枚の万札を出し、カウンターに置いた。

ママが親指をべろりと舐め、札束を数える。三万円を取り分け、ホステス二人に渡す。余った二十四万の札束をショルダーバッグに入れ、代わりに鍵を出し、カウンターに置いた。

「閉めたら、ポストに入れといておくれ。酒は好きに飲んでいい。それと、あまり汚さないでおくれよ。血は掃除しても取れないからさ」

「わかってる。もっと血が出そうなときは、他でやるよ」

「そうしとくれ。あんたら、行くよ」

ママはホステス二人に声をかけた。二人が奥の小部屋に置いた私服とバッグを取って出てくる。

ママとホステスは、店を後にした。

ドアが閉まる。

「じゃあ、私も……」

シンハが店を出ようとした。

「待った、シンハさん。あんたにはいてもらわなきゃ困る」

「私がいても、役に立つことはないと思うし、あなたたちの邪魔はしたくないから」

「いてくれと言っているんだが？」

武井は睨み据えた。

シンハは笑みを引きつらせ、仕方なくボックス席のソファーに腰を下ろした。

「まあ、一杯どうぞ」

武井は氷を入れたグラスにウイスキーを注ぎ、シンハの前に差し出した。

シンハは気を落ち着けようと、濃いウイスキーを含んだ。

シンハの様子を見つつ、武井はスマートフォンを出した。瑛太に連絡を入れる。

「……もしもし、武井です。シンハさんを襲おうとしていた双実商事の男二人を確保しました。これから尋問しますが、どうしますか？　はい……はい。場所はメールで送ります。では、待ってます」

武井が電話を切る。地図アプリで現在地を特定し、スクリーンショットで撮影して画像を添付し、瑛太のアドレスに送信した。

「白石が来るのか？」

シンハが訊いた。

「ああ。白石さんが来るまでひと休みだ」

武井はグラスを取り、ストレートのウイスキーを呷った。

2

そらが食堂で遅い夕食を摂っていると、ヒロが入ってきた。そらを認めて笑みを向け、歩み寄ってくる。

「お疲れさまです。今日は早いんですね」

「ノルマは達成したからな」

「俊士さん、一緒じゃないんですか？」

「今日は別行動だ。時々あるんだよ、こういうことが。それより、なんでおまえ、今頃飯食ってんだ。遅いじゃねえか」

「明日納品するホイールの洗浄に時間がかかってしまって」

「啓さんたち、手伝ってくれなかったのか？」

「僕の仕事ですから。みんな疲れてるし、一人でさせてもらいました」

「律儀なヤツだな。残業は付けとけよ」

ヒロは向かいの席に腰を下ろし、手に持っていたものをテーブルに置いた。鍵がたくさん付いたホルダーだった。普通の鍵もあれば、楕円形の電子キーもある。

「それ、何ですか？」

そらは鍵の束を見た。

「これか？　仕事道具だよ」

ヒロはホルダーを見やり、片笑みを浮かべた。

「うちの車のキーですか？」

そらは灰色のコンセントのようなものに目を向けた。

「ああ、これか。これは、イモビカッターっていうんだ」

「イモビカッター？　なんですか、それ？」

「まあ、細かい仕組みを話し出すとキリがねえんだがよ。簡単に説明すると、電子キーの暗号をリセットして、新しい暗号を車のプログラムに認識させちまう機械だ」

「そんなことができるんですか？」

そらは目を丸くした。

「こんなの、もう五、六年前から出回ってるし、各車種の対応も進んでる。おまえら素人が知らないのも仕方ねえがな」

「電子キーの車を盗めるとは思いませんでした」

「そうだろうな。けど、考えてみろ。どんなに手の込んだ仕組みだろうが、所詮、人間が作ったもんだ。必ず、穴はある。それに、電子キーだろうがなんだろうが、ちょっと何かが狂えば動かないような仕組みを作ってみろ。故障するたびに、電子キーを替えなきゃならない。セキュリティーもそこまでガチガチにはできないんだよ。そこに当然穴ができる。仕組みを知ってりゃ、いくらでもその穴は突けるってことだ」

「なるほど」

そらは妙に感心して、頷いた。

「他の鍵の束は何なんですか？」

「電子キーが増えたとはいえ、まだまだ従来の鍵を使っている車も多い。そういう車をパクるときは、マスターキーを使えば、簡単にやれる。二十世紀の車なら、針金一本で盗めるんだぞ」

「針金だけで！　どうするんですか？」

「窓の隙間に針金を差し込んでな。鍵を開けちまうんだ。そして、ハンドルの下にある配線を細工して、鍵穴にドライバーを突っ込んで回せば、簡単に――」

話していると、伊織が近づいてきた。

「兄さん。そら君につまらないことを教えないで」

きつく睨み、水の入ったコップを置く。

「おれは訊かれたから答えただけだ」

「答えなくていいの！　そら君もそういうことは訊いたりしない！　わかった？」

「はい、すみません……」

そらは肩をすぼめ、うつむいた。

「兄さん、何にする？　といっても、今日もレバニラ炒めしかないけど」

「知ってるよ。シゲさん、一度凝り始めたらそれしか作らないからな。ビールもくれよ」

「持ってくるから、余計なことは吹き込まないでね」

伊織はヒロを睨み、下がった。

「なんか、すみません。僕のせいで……」

「いいんだよ。口うるせえのは、おふくろにそっくりだ」

ヒロは笑った。

話しているところに、伊織がビールとレバニラ炒めを持ってくる。

「ずいぶん早いな。作り置きか？」

「作り置きでもおいしいから。文句言わずに、食べる！」

「はいはい」

ヒロは苦笑し、箸を取った。

「私とシゲさん、もう上がるけど」

「いいよ。後はやっとく」

「くれぐれも、そら君に余計なことは吹き込まないようにね」

「わかったから、ひっこめ」

「そら君も明日があるんだから、だらだらしないように」

「はい。すみません」

そらが言うと、伊織はにっこりとして食堂から出ていった。

「伊織さん、なんであんなに言うんでしょうね？」

「心配性なんだよ。おまえがおれたちみたいになるんじゃないかってな」

「ヒロさんたちみたいにって、どういうことですか？」

「心底、ワルになるってことだ」

ヒロは言い、レバニラを口に放り込み、ビールで流し込む。

「ヒロさんたち、そんなにワルなんですか？」

そらが訊く。

ヒロは噴き出しそうになり、口元を押さえた。

「おまえ、とぼけてんのか？」

ヒロは口からこぼれたものを布巾で拭った。

「いえ、大真面目ですけど」

「おれたち、車泥棒やってんだぞ」

「それはそうですけど。ワルって、そういうのはあまり関係ない気もするんですけど」

「おまえのワルの定義は何なんだ？」

ヒロは再び食べ始めた。

「うーん……。どう言っていいのかわからないんですけど、人をむやみに傷つける人かな。理由なく殴ったり、罵倒して傷つけたり。そういう人たちの悪意の方が、僕にはワルに感じますけど」

そらは散々自分を振り回した親類縁者のことを思い出していた。

彼らはいわゆる〝一般の人〟だ。世間的には〝ワル〟ではない。

しかし、彼らはそらからすべてを奪った。当然の権利だと言わんばかりに自分たちの正義を振りかざし、そらの人生を潰した。

彼らは今、そらのことなど思い出すこともなく、のうのうと暮らしているのだろう。

人ひとりの人生を潰しておいて、自分たちは歯牙にもかけず、常識人のような顔をして生きている。

悪意を剝き出しにしている人間も嫌いだが、普通の仮面の下に悪意を隠していて、それを悪意と感じられない人間こそ、真のワルのような気がしている。

そういう尺度で俊士たちの集まるこの場所を見ると、そらにとっての〝ワル〟は見当たらない。

ヒロはビールを飲み干して、コップを置いた。

「なんか知らねえけど、おまえもこじれてんな」

もう一つコップを取ってビールを注ぎ、一つをそらの前に差し出した。

「ちょっとくらい付き合え」

「僕、お酒は……」

「一杯だけだ。飲めないわけじゃねえだろ」

「……わかりました。いただきます」

そらはコップを取って、乾杯した。口に含む。苦い炭酸が食道を下った途端、胃が熱くなる。顔がたちまち赤く火照った。

「わかりやすいな、おまえ」

　ヒロは笑い、コップを半分ほど空けた。

「まあでも、おまえがワルのことをどう思っていてもかまわねえが、本当のワルってのは、そう単純じゃねえ。ここでもあまり気を許すんじゃねえぞ」

「そんなワルの集まりなんですか、ここ？」

「だから言ったろう。まともな連中が窃盗団なんて作らねえって」

　ヒロは苦笑した。

「ヒロさんも、そうなんですか？」

「おれはそうでもねえけどよ。それでも、自分や伊織を守るためなら、汚《きたね》え真似もする。啓さんや俊士さんはなおさらだろうな」

「そんなに悪いんですか？　俊士さんまで」

「あの二人は、元ホンモノだぞ」

　ヒロがそらを見据えた。

あまり見せたことのない目つきをした。奥に淀んだ邪気を滲ませた眼光だ。そらの背筋がぞくりとした。

「今は、お互い協力しながらやっているが、バランスが崩れたら、どうなるかわからねえ。啓さんの下で働いている連中も、瑛太なんかも、修羅場を生きてきたヤツらだ。今はみんなを信じちゃいるが、こうした集団は、いつ私利私欲で走り出すかわからねえ。誰か一人がかき回し始めたら、すぐに疑心暗鬼になって、自己防衛に走る。相手を殺してでも自分が生き残る。それが本当の〝ワル〟だ」

ヒロはビールを飲み干した。

「まあ、おまえと伊織くらいは守ってやるから、心配するな」

ヒロがビール瓶を傾ける。空になっていた。席を立ち、厨房の中へ行く。

「そうだよな……」

そらは、自分が車両窃盗団のど真ん中にいることに改めて気づかされ、ビールの入ったコップを握りしめた。

3

瑛太が武井の待っている店に到着したのは、電話を受けて三十分後だった。

武井がのした男たちは近所のコンビニで買ってきた麻縄で縛られていた。麻縄には水がかけられている。

麻縄は一見細くて頼りないが、水に濡らすと金属製のワイヤーさながらの強度になる。筋骨隆々の男でも、濡れた麻縄で縛られれば引きちぎることはできない。

男たちは顔にも水を浴びせられ、意識を取り戻していた。しかし、武井に顔面をしこたま殴られ、原形を留めないほど腫れ上がっている。

二人とも、壁に背をもたせかけ、ぐったりとうなだれていた。

「ご苦労さんです」

武井は立ち上がり、腰を折った。

「こんばんは、シンハさん」

瑛太が声をかける。

シンハの頬がひきつった。

瑛太はシンハの隣に腰を下ろした。脚を組んで、壁際でうなだれている二人の男を見据える。

「飲みますか？」

武井が訊いた。

「ロックでくれ。シンハさんにも新しく作って差し上げろ」

「承知しました」

武井は二つのグラスに氷を入れ、ウイスキーを注いだ。二人の前にコースターを置き、グラスを出した。

「お疲れさんです」

シンハを見つめ、グラスを掲げる。

シンハもグラスを取り、瑛太のグラスと重ねた。瑛太は半分ほど喉に流し込み、一つ息をついた。

「さて、こいつら、どこまでしゃべった？」

男たちに目を向け、武井に訊いた。

「双実商事の人間だということ以外は話していません」

「ほお。下っ端のくせに口が堅いとは、イナカンもたいした部下を持ってんじゃねえか」

イナカンという言葉に、男二人が眉尻をぴくりと動かした。

「イナカンがヤクザにカチコミ食らって、ションベン垂らして詫び入れたって話を聞いているが、頼りねえのは親玉だけってことか。おもしれえ組織だな、おまえらのところは」

瑛太は大声で笑った。武井も鼻で笑う。

「おまえらも大変だな。くそみてえなのが親玉でよ」

瑛太がさらに声を立てて笑う。

と、向かって右にいた男が顔を上げた。

「ふざけてんじゃねえぞ、こら！」

血をまき散らしながら怒鳴った。

瑛太は笑みを浮かべたまま、男を見据えた。

「威勢がいいねえ」

グラスを干して、立ち上がる。

「見得を切れるヤツは好きだぜ。一杯、おごらせてくれ」

瑛太はテーブルの瓶を取った。男の前で振り上げ、躊躇なく振り下ろした。

悲鳴が上がった。

瓶が砕けた。頭皮がざっくりと割れ、ウイスキーと流れ出た鮮血が顔を覆う。

「赤いウイスキーはうまいだろう？」

顔を覗き込む。男は相貌を歪めていた。

「あれ？　まだ、赤みが足りねえか？　足してやるよ」

瑛太は尖った瓶の先を頬に刺し入れた。肉が抉れ、滴る血が瓶の肌に伝わり流れる。

「どうだ？　うまいか？」

ぐりぐりとガラスの尖端で抉る。

瑛太は笑っていた。

その様子を見て、シンハは蒼ざめた。

「誰に何を命令されて、何を聞きに来たんだ？　さっさと吐いちまえよ。口が利けるうちに」

さらに頰肉を抉る。

隣の男は色を失い、目を見開いた。

「あ、おまえ……。鬼神の瑛太か？」

「瑛太じゃなくて、瑛太さんだろうが」

武井は爪先を男の腹に蹴り込んだ。男は目を剝き、血反吐を吐き出した。

「おい、そっちまで壊すんじゃねえよ。しゃべるヤツがいなくなっちまう」

瑛太が一瞥する。

「すみません」

武井は頭を下げ、グラスを取ってウイスキーを含んだ。

「キシンというのは何だ、白石？」

シンハが恐る恐る訊く。

「つまらねえ昔話ですよ」

瑛太は割れた瓶を放った。ガラスが砕ける。シンハともう一人の男がびくりと身を震わせた。

瓶の先端で頬を抉られていた男は激痛と恐怖で気を失っていた。

「……死んだのか？」

瑛太は隣の男の髪の毛をつかんだ。顔を上げさせる。男の相貌が引きつる。

「生きてますよ」

「さてと。俺が鬼神の瑛太だと知っているなら、逆らうとどうなるか、わかるよな？」

男を見据える。

男は涙目で失禁した。

瑛太は若い頃、〈鬼神〉という集団を率いていた。

鬼神は、暴走族とギャング団の中間のようなグループだった。特定の根城は持たず、仲間と連絡を取り合い集まっては、その地元で大きい顔をしているグループに喧嘩を売り、潰していった。

争うグループに私怨はない。神出鬼没に姿を見せては、目が合った者を徹底的に叩きのめすだけ。

瑛太たちにとって、暴力は暇つぶしでしかなかった。

が、理由もなく、無慈悲な暴力を楽しむ鬼神の存在は次第に恐れられるようになり、夜の街からごろつきが姿を消すという現象まで起きた場所もあった。

鬼神が活動していたのは、わずか二年だった。鬼神は人知れず解散し、主要メンバーだった瑛太や武井は行方をくらました。

街では、瑛太や武井たちが殺されたという噂も立っていた。

しかし、実際は、鬼神はたった一人の男に潰されていた。

それが、俊士だった。

獲物を探して街を徘徊していた瑛太たちは、新宿御苑に近い路地で俊士を見つけた。

暴力に飢えていた瑛太とその仲間は、俊士を背後から襲った。

最初の一撃を食らった俊士は、その場にうずくまった。

瑛太たちは俊士を取り囲み、蹴り回した。

いつものように、俊士を半殺しの目に遭わせておしまい……のはずだった。

が、瑛太たちが蹴りを止めた途端、俊士は立ち上がり、懐から銃を抜いた。そして、瑛太の仲間の一人の太腿を躊躇なく撃ち抜いた。

瑛太や武井は、一瞬、何が起こったのかわからなかった。

俊士は武井の足も撃ち抜いた。武井は顔を歪め、足を押さえてその場に跪いた。

状況に気づいた仲間が逃げようと背を向けた。俊士はその背中にも銃弾を浴びせた。

瑛太は初めて、顔から血の気が引いていくのを感じた。

俊士は瑛太に銃口を突きつけ、髪の毛をつかみ、ビル陰に引きずり込んだ。

そこからはもう、瑛太は一方的にやられるだけだった。右腕を折られ、元の顔形がわからなくなるほど殴られ、踏みつけられた。

俊士は舎弟を呼び、瑛太たちを事務所に監禁し、さらなる暴行を加えた。

俊士たちはその頃、別の組と交戦状態にあり、神経を尖らせていた。

瑛太たちは、浮かれているうちに、虎の尾を踏んでしまったのだ。瑛太とその仲間は、敵対する組との関係を徹底して尋問された。

丸一日暴行を受け、ようやく瑛太たちと敵対する組が関係ないとわかり、鬼神を解散するという条件で解放された。

瑛太は、久しぶりに〈鬼神〉という名前を聞き、当時のことを思い出して、身震いした。

後にも先にも、あの時ほど恐ろしい思いをしたことはない。

瑛太は小さく顔を振り、改めて男を睨み据えた。

「名前は？」

瑛太が訊く。

「平中《ひらなか》……です」

「平中か。さて、平中。誰がおまえにシンハさんを襲えと命令した?」

「稲福さんだ。襲えとは言われていない」

「誰がタメ口でいいと言った?」

瑛太は髪をつかみ、男の後頭部を壁に打ちつけた。男が顔をしかめる。

「何をしに来たんだ?」

「聞いてこいと言われただけです」

「何をだ?」

「シンハが俺たちと取引はしないと言い出したんで、邪魔しているのが誰かを聞いてこいと言われたんです。それで、ここへ来ました」

「それを聞き出して、どうするつもりだったんだ?」

「それは……」

「俺たちと戦争するつもりだったのか?」

瑛太は男の眼球を覗き込んだ。

男の瞳が揺れる。息が荒くなり、体が震えた。

「まあいい。おまえらの組織、何人くらいで構成しているんだ?」

「三十人くらいです」

「結構な所帯じゃねえか。それだけいりゃあ、イナカンだけじゃ仕切れねえだろう。おまえらを仕切ってるのは誰だ？」

「城内さんです」

「どんなヤツだ？」

「強《つえ》え人だ。城内さんが出てくりゃあ、おまえらなんか——」

男が気概を見せる。

瑛太は男の後頭部を思いっきり壁に叩きつけた。男は短く呻き、白目を剝いた。

瑛太は片笑みを浮かべ、手を離した。男のポケットからスマートフォンを取り出し、ソファーに戻る。ウイスキーで喉を潤し、スマホをいじった。

仲間と撮った写真が出てくる。

「シンハさん。城内というのはどいつですか？」

写真を見せる。

シンハは指でスライドさせ、写真をめくった。手を止める。

「この男だ」

シンハが指をさした。

小柄だががっしりとした体格の男だった。レンズを見据える細い目は、静かだがそれなりの場数を踏んできた男の迫力を滲ませている。

「ありがとうございます」

瑛太はスマホをスーツのポケットにしまった。

「シンハさん、今日はもう遅い。家までお送りしましょう」

「私は一人で――」

「お送りしますよ」

有無を言わさない眼力でシンハを見つめる。シンハは頷くしかなかった。

「武井」

「はい」

「挨拶代わりに、こいつらを双実商事の事務所前に捨ててこい」

男たちを一瞥する。

「バラさなくて大丈夫ですか？」

「今は挨拶だけでいい。ついでに、城内って野郎のヤサを見つけて、俺のマンションまでさらってこい」

「わかりました」

武井が頷く。

瑛太は立ち上がった。

「シンハさん、行きましょう」

微笑みかける。

シンハは促されるまま、席を立つしかなかった。

4

「遅《おせ》えな、あいつら……」

城内は、事務所からほど近い場所にある自宅のワンルームマンションで、平中たちからの連絡を待っていた。

出かけてもう三時間を超える。シンハ一人に話を聞くだけで、こんなに時間がかかるとは思えない。

何かあったか？

勘が疼く。

釈然としないことが多い。

稲福から車両窃盗を再開すると聞いたときは、啓三郎や俊士たちに一矢報いるリベンジの機会を得たと思い、血がたぎった。

しかし、稲福は地味な切り崩しを続けさせるばかりで、直接、啓三郎たちとやり合おうとしない。

いくら、連中が強いとはいえ、堅気に戻った者たちにそこまで遠慮することはない。

何度となく、稲福を煽るが、いつもけんもほろろにかわされるだけだ。

先日の『奥園がいれば大丈夫』という稲福の発言も気になったが、それ以上に気にかかっているのは〝オーナー〟の正体だ。

稲福は、オーナーが誰なのか、決して語らない。稲福が留守の時、ひそかに事務所内の書類などを調べてみたが、オーナーに行き着く情報は見当たらなかった。

先日の発言で、オーナーが奥園俊士なのかとも疑ったが、俊士がわざわざ敵を再興させる理由はない。

自分の見えないところで、何か得体のしれないものが動いている……と、城内は感じていた。

玄関ベルが鳴った。

「あいつらか？」

立ち上がり、ドアロへ歩み寄る。覗き穴から廊下を見た。人影はない。

鳥肌が立った。神経が一気に張り詰め、全身が臨戦態勢に入る。

城内は玄関ドアを見据え、ゆっくりと後ずさった。部屋へ戻り、洋服ダンスの引き出しを開けた。奥から、布に包んだ短刀を取り出し、刀身を抜いた。

鞘をテーブルに置き、右手で柄を握りしめ、玄関へ戻る。

再び、ベルが鳴った。

「ちょっと待ってくれ」

声をかけ、鍵に指をかける。

ロックを外した瞬間、後ろに下がり、右足を前にして半身で構えた。切っ先をドア口に向け、神経を研ぎ澄ます。

ドアノブがゆっくりと回る。城内は気配に集中し、柄を強く握った。

ノブが回りきった。城内は後ろに引いた左足で床を踏みしめた。

ドアが開いた瞬間、突っ込もうと思った。

が、ノブが元に戻った。ドアは開かない。

どういうことだ……？

息をひそめ、聞き耳を立てた。人の気配はある。かすかな息づかいも聞こえる。確かに誰かが表にいる。

しかし、何者かは入ってこようとしない。

少しして、足音が聞こえた。足音は玄関から遠ざかっていく。まもなく、エレベーターのドアが開く音がした。

「行ったのか……？」

ドアに歩み寄り、気配を探る。

人の気配は消えていた。エレベーターのドアが閉まり、降下するモーターの音が聞こえた。

城内は部屋へ戻り、窓際に身を寄せた。カーテンを少し開き、表を見る。

見慣れない濃紺のセダンが、マンション前に停まっていた。スーツを着た男がマンションから出ていった。男が車に乗り込む。

車のヘッドライトに明かりが点り、エンジンがかかった。車は低いエンジン音を響かせ、ゆっくりと動き出した。

「何者だ、あいつ……」

城内は車を見つめた。

テールランプが敷地内から消える。

城内はホッと息をついた。張り詰めた緊張が解け、脱力する。

途端、ぞくっと全身が震えた。

振り向く。

大きな影がそびえていた。

城内は握った短刀を突き出そうとした。が、腕が伸びる前に、強烈な拳が顎先を打ち抜いた。

脳が揺れた。男の影が二重に見えた。両膝から力が抜け、よろけた。たまらずカーテンをつかむ。カーテンレールの金具が外れ、テーブルの上に倒れ込んだ。

テーブルにあった灰皿がひっくり返り、吸い殻が四散する。コップが壁に当たり、砕けた。

「てめえ……誰だ」

睨みつけ、立ち上がろうとするが、足が言うことを聞かない。腕にも力が入らず、短刀を持ち上げようとしても持ち上がらなかった。

大男は、城内の手から短刀を奪った。手のひらを広げさせ、テーブルに押しつける。

「武井という者だ。よろしくな」

言うなり、右手の甲に短刀を刺した。

城内が短い悲鳴を放った。

刃は手のひらを貫き、テーブルの天板に食い込んだ。

「おまえ、用心深いわりに抜けてるな。鍵を閉め忘れちゃあ、いけねえよ」

柄を握り、刺した手を刃で捏ね回す。

城内のこめかみに脂汗が滲んだ。傷口から鮮血がマグマのように噴き出す。テーブルはたちまち赤く染まった。

「おまえと話がしたいという人がいるんだ。来てくれるな？」

「俺の仲間はどうした？」

「平中というやつか？　あいつなら、送ってやったよ。双実の事務所まで」

にやりとする。

「てめえら……ただじゃすまねえぞ」

「おいおい、状況を見て物を言えよ」

武井は短刀を抜いた。再び、手の甲を刺す。

城内は相貌を歪め、奥歯を嚙んだ。

「今すぐ、こいつをおまえの心臓にぶち込んでもかまわないんだが」

武井は三度、城内の手の甲を刺した。

城内はもはや、呻きも出せなかった。

「それじゃあ、俺が殺されちまうんでよ。来てくれよ」

武井は城内の左手をテーブルに押しつけ、手の甲を刺した。

「一緒に来てくれねえかなあ」

何度も何度も抜いては刺す。

城内の唇が紫色に変色する。青白かった顔が土気色に変わる。

「ふざけんな……」

城内は武井を睨んだ。

そのままうなだれる。テーブルに伏した城内は気を失っていた。

「たいした根性だな、こいつ」

武井は一息つき、車に戻った仲間に連絡を入れた。

5

城内は意識を取り戻した。上半身は両腕ごとロープで縛られていた。両足首は結束バンドで拘束されている。

ソファーに転がされていた。テーブルを挟んだ向かいの一人掛けソファーに、スラックスにワイシャツ姿の眼鏡をかけた男がいた。

「気分はどうだ、城内君」

男が脚を組み替える。

城内は男を睨みつけた。脚でテーブルを蹴ろうとする。だがその前に襟首をつかまれた。強引に引き起こされ、座らされる。

肩越しに背後を見やる。武井がいた。

「うちの武井が無茶をしてすまなかったな。両手は俺の主治医に診せた。筋が切れてしまっているので、何本か動かなくなる指はありそうだが、日常生活に支障はないという話だ。よかったな」

「よかったじゃねえよ。おちょくってんのか、てめえ……」

「よかっただろうが。指の何本かで済んだんだ。それとも、命取られた方がよかったか？」

男は笑みを覗かせた。しかし、目は笑っていない。

城内の背筋が震えた。武井にも戦慄を感じたが、目の前にいる男には武井の比ではない薄ら寒い気配を感じる。

長年培った勘が、この男はヤバい……と囁いた。

「あんた……誰だ？」

「ああ、自己紹介がまだだったね。俺は白石瑛太だ」

瑛太が名乗った途端、城内は双眸を見開いた。

「鬼神の……」

「もう大昔の話だから――」

瑛太は苦笑し、脚を解いた。両腿に肘を置き、上半身を屈め、やおら顔を上げた。

「その名前を口にするんじゃねえよ」

城内を睨む。

城内の頬が強張った。

瑛太は片笑みを滲ませ、ソファーの背に深くもたれた。

「おまえに訊きたいことは一つだけだ。イナカンの後ろにいる奴は誰だ？」

「知らねえ……」

城内が言う。

瑛太はテーブルの端を蹴飛ばした。灰皿が躍り、テーブルが滑る。縁が城内の脛にヒットした。

城内はたまらず腰を折った。

「もう一度、訊くぞ。イナカンのバックは誰だ？」

「知らねえって」

城内が答える。

瑛太は再びテーブルを蹴った。縁が城内の脛を打つ。城内は全身を貫く痛みに震えた。

「もう一度、訊く。イナカンのバックは――」

「本当に知らねえんだって！」

城内は声を張り、瑛太を見つめた。

「稲福さんは、なぜか知らないが、そこだけは教えてくれねえんだよ」

「おまえ、誰の下にいるのかもわからず、俺たちのショバを荒らすような真似をしていたのか？」

「誰がバックにいても関係ねえよ。俺が付いてるのは稲福さんだからな」

「命知らずにも程があるな……」

呆れて、息を吐く。

「じゃあ、二択だ。ここを無事に出て、イナカンのバックを探って俺に報告をするか、ここでくたばるか。選べ」

こともなげに言う。

城内はうつむき、奥歯を嚙みしめた。

悔しくて仕方がない。せめて刺し違えたいが、手足を拘束されている今、どうすることもできない。

手足が自由だとしても、瑛太たちに勝てるかは微妙だろう。城内も、鬼神の瑛太が何をしてきたか、よく知っている。

それでもなんとか一矢は報いたい。

何かないか……。

思案していた城内の脳裏に、稲福のあの言葉がよぎった。城内はうつむいたまま、にやりとした。

「さっさと返事をしろ。探るか死ぬかだ」

瑛太が問う。

城内は顔を上げた。

「どっちも選ばねえ」

「おもしろいヤツだな」

瑛太は武井に目を向けた。武井は背後から城内の首に手を回した。躊躇なく締め上げる。

城内は目を剝いた。

「ま……待て！」

声を絞り出す。

「情報がある！」

城内は叫んだ。

瑛太が右手を挙げた。武井が首から手を離す。城内は激しく咳き込んだ。

「情報とは？」

「俺の拘束を解け」

「先に情報だ。殺してもかまわないんだぞ、こっちは」

「なら、殺せ。だが、聞かなきゃ一生、後悔するぞ」

城内はほくそ笑んだ。

瑛太はじっと城内を見つめた。時間稼ぎしているようにも見えない。

「武井。解いてやれ」

「いいんですか？」

「何もできはしない」

瑛太が言う。

武井はナイフを出した。体を縛っていたロープと脚の結束バンドを切る。城内は包帯を巻いた手を振り、腰を何度かねじって、体をほぐした。

深呼吸をして、ソファーの背にゆっくりともたれる。そして、瑛太を見つめた。

「こないだ、稲福さんに、おまえらを一気に叩き潰そうと相談した時のことだ。稲福さんはこう言った。俺たちの素性がバレても、おまえらは事務所には踏み込めねえ。美濃はともかく、奥園がいれば大丈夫だ、とな」

瑛太を見据え、にやりとする。

「どういう意味だ？」

瑛太は片眉を上げた。

「意味まではわからねえ。訊いても教えてくれなかった。だが、そのまま捉えてみろ。奥園とうちの親父が通じてると考えるのが、一番合点がいくんじゃねえか？」

「てめえ、何が言いてえんだ！」

武井が後ろから襟首をつかんだ。

城内はその腕を払い、肩越しに睨み上げた。

「俺が言ってんじゃねえ！　親父が口にした言葉をそのままおまえらに教えただけだ！」

声を張る。

武井のこめかみに血管が浮いた。

「なあ、白石さんよ。俺も一つ訊きてえことがあるんだよ。いいか？」

「言ってみろ」

「あんたら、俺らがシノギの邪魔をしていることはとっくにわかってんだろ？　だったらなぜ、潰しに来ねえんだ？　武闘派で名を馳せた美濃と奥園がいて、しかも元鬼神のあんたもいる。そこいらのヤクザでも小便チビるような面子が揃ってるのに、なぜ一気に潰さねえ？誰か、止めてるヤツはいねえか？」

城内が口角を上げる。

瑛太は答えない。

「その止めてるヤツ、ひょっとして奥園じゃねえか？」

城内は畳みかけた。

瑛太の眦がひくりと蠢《うごめ》いた。城内がにやりとする。

「あんたらには極上のネタだったろ？」

「そうだな。他には？」

「今のところ、そこまでしかわからねえが、あんたが俺をここから出してくれるなら、探ってもかまわねえぞ」

「そうか。それも一案だな」

瑛太は笑みを浮かべた。

ソファーを立ち、ゆっくりと城内の背後に回る。城内は多少ビクつきながら、瑛太の動きを目で追った。

瑛太は城内の後ろに立ち、左肩に手を置いた。城内の体がびくっと揺らぐ。

「俺の下で働いてもいいということか？」

「ああ。こうなっちまったら、あんたに身を預けるしかねえからな」

「イナカンの背後も探ってくれるか？」

「それも請け負うよ」

「親を裏切ることになるぞ」

「仕方ねえ」

「潔いな。賢明だ」

瑛太はソファーの背もたれの裏で右手のひらを広げた。武井がナイフをその手に置く。

「ご苦労だったな」

瑛太が城内の肩を叩く。

「じゃあ、俺は――」

城内が立ち上がろうとした。

瑛太は城内の肩をつかみ、押さえつけた。城内の相貌が強張った。

瑛太はナイフを握りしめた。背後から首にナイフを突き入れ、引き抜く。切断された動脈から血しぶきが噴き上がった。

城内は首筋を押さえた。白い包帯がみるみる赤く染まった。

「な……なんで……」

「簡単に親を裏切るヤツは、信用できねえ」

髪の毛を握り、上体を押す。城内の体が前屈みになる。

瑛太は右腕を振り上げた。後頸部に思い切り振り下ろす。

刃が根元まで食い込んだ。

城内は両眼を見開いた。喀血する。上体がゆっくりと前に傾き、ソファーから体が滑り落ちた。

瑛太はナイフを武井に渡した。ハンカチを出し、血に濡れた手を拭う。

「これ、どうしましょうか？」

武井は城内の屍に一瞥をくれた。

「サメにでも食わせろ」

「わかりました」

「それと俊士さんの件は、口外するな」

「放っておくつもりですか？」

「いや、調べてみる。俊士さんがイナカンと組んでいるとは思えないが、こいつが嘘をついたとも思えない。調べがつくまで黙ってろ。特に、啓さんの耳には入れるな。あの人の耳に入ったら、真偽関係なく、俊士さんを狙うだろうからな。それは厄介だ」

「そうですね。でも、話が本当だったら？」

「その時は、俊士さんといえどもそのままにはしておけない。啓さんにも伝えなきゃならないから、分裂は必至だな。このガキ、最期に面倒な爆弾を置いていきやがった」

瑛太は息絶えた城内を睨み据えた。

6

俊士は、昼過ぎから会計士の事務所に詰めていた。

「奥園さん、今日はもうこのくらいにしておきましょうか」

会計士の西野《にしの》が言う。

西野は元ヤクザの仲間だ。が、組に籍を置いていたのはわずか半年で、早々に足を洗い、会計士の資格を取って堅気の世界で生きていた。

俊士は壁掛け時計を見た。午前二時を回っている。息をついて、眼鏡をはずした。

「ビールでも飲みますか？」

「そうだな」

椅子に深くもたれ、目頭を指で揉む。

西野が冷蔵庫から缶ビールを二本取った。一本を俊士に渡す。俊士はプルタブを開け、西野の缶と合わせて、喉に流し込んだ。

「ふう……うまいな」

思わず、頬が緩む。

西野は俊士を見て、目を細めた。

「しかし、不思議なもんですね」

「何がだ？」

「俺はともかく、あの奥園さんが、老眼鏡をかけて、必死に金の計算していたり、工場経営の三ヶ年計画を練っていたりするなんて。信じられません」

「あの、は、やめてくれ」

俊士は苦笑した。

「奥園さん。前から訊きたかったことがあるんですけど、いいですか？」

「なんだ？」

「なぜ、ヤクザやめたんですか？」

西野が訊く。

俊士はビールを含んだ。ごくりと飲み込み、顔を上げる。

「若いのに死なれるのがつらくなったんだ」

気負いなく微笑む。

「おまえも俺のところにいたからわかるだろうが、俺たちは上から言われりゃあ、どんな状況でも突っ込むしかなかった。俺が三下の頃は、それでよかったんだ。俺が暴れたいだけだったからな。だが、立場が上がると、俺が出張るわけにもいかなくなる。頭がなくなりゃあ、みんな食いっぱぐれるからな。そうなると必然、若い連中に行かせることになる。俺を頼ってきてくれた連中の命を差し出さなきゃならないんだ。自分が斬られるよりつらかった。で、俺が求めてるのはこんなんじゃないと思い始めてな。はぐれ者がきちんと生きられる場所を作りたいと本気で思うようになって」

「それで抜けたんですか？」

「ヤクザを続ける限り、俺は若いのを殺すだけだからな。抜けられないなら、ぶち込んで死んだ方がマシだと思ったんだよ」

「それで、美濃さんのカチコミを手伝ったんですか？」

「まあ、そうした思いもあったが。啓三郎とはもっと根が深いんだよ」

俊士は笑った。

西野も目を細める。

「でもまあ、奥園さんが抜けた理由は、そんなところじゃないかと思ってました」

「そんな話、したことあったか？」

「いえ。でも、今の奥園さんを見ていればわかります。みんなのために、まともな工場を造ろうとしてる。この計画がうまくいったら、みんな喜ぶと思いますよ」

「そうか？」

俊士が西野を見た。西野は頷いた。

「そうですよ。大手を振って、堅気の世界で生きられるようになるんですから。僕も昔、奥園さんに堅気になれと言われなかったら、今頃生きていたかどうかわかりません」

西野が微笑む。

俊士は懐かしそうに目を伏せた。

「だから、奥園さん。裏稼業はそろそろ潮時ですよ。金も十分貯まったし、土地の目星もつきました。早く、手じまいした方がいいと思います」

「そうなんだがな……」

「何か、あったんですか？」

「ちょっと面倒なやつと厄介なことになりそうなんだ。そいつを片づけないことには、すっきり鞍替えとはいかないだろうな」

「出入りになりそうな話ですか？」

「……まあな。そうならないようにしようとは思っているが」

「ぜひ、そうしてください。今、厄介ごとを起こせば、奥園さんの夢はかないませんよ」

「そうだな。気をつけておくよ」

俊士はビールをぐっと飲み、息をついて宙を見つめた。

第4章

1

俊士が館山にある解体工場へ戻ってきたのは、午前八時を過ぎた頃だった。敷地に入ると、工場へ行くそらと出くわした。

「あ、おはようございます、俊士さん」

そらが頭を下げる。

「おはよう。早いな」

「今日は午後イチの便で出す品があるそうなので、みんな一時間前倒しです。俊士さんは今帰りですか？」

「ああ。ちょっと知り合いと会ってたもんでな」

「朝帰りとは、いい身分だな、おい」

啓三郎がバラックの方から歩いてきた。

「おう、おはよう」

俊士が笑顔を向ける。が、啓三郎はムスッとした表情で俊士を睨んだ。

「啓三郎。話があるんだが、時間取れるか？」

「小僧から聞いただろう。午後イチで出さなきゃならねえブツがあるんだ」

「ああ、そうだったな。じゃあ、終わったら俺の部屋に来てくれないか」

俊士が見つめる。

啓三郎はじっと俊士を睨んでいた。

「わかった。あとで顔出すよ」

「頼むぞ」

俊士は言い、バラックへ歩いていった。

「話って、何なんですかね？」

そらが訊く。

「どうせ、捌く台数を増やすとか、新しい取引先ができたとか、そんな話だろう。おまえは気にすることねえ。ほら、急げ。今日は時間ねえぞ」

「はい」

そらは小走りで工場へ向かった。

啓三郎は、そらを見送った後、部屋へ戻っていく俊士に目を向けた。

俊士が自室のドア口前で鍵を出していると、瑛太が近づいてきた。

「おはようございます」

「おお、おはよう」

笑顔を向ける。

「遅かったですね」

「ちょっとな」

俊士は言葉を濁した。

瑛太は少し訝しげに目を細めた。すぐにうつむき、やおら顔を上げる。

「稲福の件で話があるんですが」

瑛太が言う。俊士が真顔になった。

「入れ」

ドアを開けた。

俊士に続いて、瑛太が中へ入ってくる。

十畳ほどのワンルームだった。右手奥にテーブルがあり、ノートパソコンが置かれている。

左手にはローベッドがある。家財といえばその程度で、素っ気ない部屋だった。

「座れ」

俊士は目でローベッドを指した。

瑛太は会釈し、ローベッドのへりに浅く腰掛け、両膝を折って胡坐をかいた。

俊士もテーブルの前に腰を下ろし、片膝を立てた。鍵をテーブルに置く。

「イナカンが動いたか？」

俊士はさっそく切り出した。

「昨晩、シンハをさらおうとしました。武井がそれを止めたんですが、ちょっと事になってしまいまして、双実商事の連中二人を半殺しにして、稲福の腹心とみられる城内ってヤツを殺っちまいました」

「殺っちまったのか……」

「すみません。相手が強気に逆らうもので、つい……」

瑛太は両腿に手を置き、頭を下げた。

「遺体はどうした？」

「今朝方、うちの荷を運ぶ船があったので、それに積み込んで、公海上で処理してもらうよう頼んできました」

「信頼できる筋か？」

「はい。そこは大丈夫です」

「仕方ないな……」

俊士は眉間に皺を寄せ、深く息をついた。

「半殺しにした二人は？」

「双実の事務所に放り込んできました」

「戦争必至だな……」

再び、息をつく。

「すみません。俊士さんに連絡を入れてからと思ったんですが、城内のこともあって、独断で処理させてもらいました」

「それはいい。そうした処理を任せているのは、俺と啓三郎だからな。おまえとおまえの仲間に裏の仕事をすべて背負わせて、すまないと思っている」

「そう言っていただけるだけで、ありがたいです」

瑛太は顔を伏せた。

「イナカンは、なぜシンハを拉致しようとしたんだ？」

「シンハが向こうとの取引を一方的に断わったようでして。その真意と、うちとの関わりを探ろうとしていたみたいです」

「それがうちの差し金だとして。連中は、うちとやり合う気だったか？」

「稲福自身は躊躇しているようですが、バラした城内はやり合う気満々でした」

「若いのはやりたがっているということか」

「そう感じました。なので、警告の意味も兼ねて、半殺しの二人を事務所に放り込んできました」

「そうか……」

「やりすぎましたか？」

「いや……」

俊士は口ごもった。

ヤクザな手法としては間違っていない。それを瑛太たちに教えたのは、他でもない、俊士だ。

話を聞く限り、城内を殺したのはやりすぎだが、敵対する相手への恫喝はこれでいい。十分な牽制になる。

しかし、裏稼業から足を洗おうとしている矢先のこのトラブルは、正直うまくない。

傷害、殺人で瑛太たちが逮捕されれば、会社の評判も下がり、仕事はなくなるだろう。

といって、裏の仕事を一手に引き受けてくれた瑛太たちを切り捨てるのは忍びない。

「俊士さん。こうなったら、一気に双実商事を潰してしまいませんか？」

瑛太は身を乗り出した。

「どのみち戦争が避けられないなら、相手が手を出してこない今、一気に叩く方が効率的です」

「それは待て」

「どうしてです？」

瑛太が目を細めた。

「戦争となれば、こっちも無傷では済まない。やられなかったにしても、多数の逮捕者を出すことになる。それでは意味がない」

「私と武井たち数人で、全部被ります」

「気持ちはありがたいが、それはさせたくない。この件、俺に預けてくれないか？」

「どうするつもりです？」

「一度、イナカンと話してみるよ」

俊士が言う。

瑛太は目を丸くした。

「話し合うんですか？」

「脅しは効いている。俺たちがどんな連中かということも、イナカンはよく知っている。話し合いに応じないことはないだろうよ」

「でも、もし俊士さんを狙ってきたら、どうするんですか！」

「心配するな」

俊士は笑った。

「その時は、イナカンをぶち殺して、すべて収めるよ」

俊士が笑顔のまま言う。

気負いのない殺気の滲む俊士の顔を見て、瑛太の背筋に冷たいものが走った。

2

稲福は社長室のソファーに座って脚を組み、足首を忙しなく揺らしていた。灰が落ちるのもかまわず、火の点いた葉巻を噛んでいる。

いきなり、ドアが開いた。

飛び上がらんばかりに稲福の腰が浮いた。口から葉巻がこぼれる。

ソファーの背に背中を張りつけ、ドアロを凝視した。

入ってきたのは、城内の下で働いていた池田《いけだ》という男だった。

「社長！」

「ノックもなしに開けるんじゃねえ！」

稲福はテーブルに置いてあったクリスタルの灰皿をつかみ、投げつけた。

池田が避ける。壁に当たり、灰が散らばる。

「すみません」

池田は直立し、腰を折った。

稲福は落ちた葉巻を拾い、咥えた。池田が灰皿を取り、テーブルに戻す。

稲福は二、三度煙を吸い込み、顔の前が白くなるほど煙を燻らせた。

気が気でなかった。

明け方、半殺し状態の平中たちが事務所前に放置されていた。

城内にも連絡がつかない。

俊士たちが本気で動き出したことを肌で感じ、眠ろうにも眠れず、手下がいる事務所で一晩を過ごした。

稲福の目は充血し、目蓋は腫れていた。顔色も心なしか青白い。誰かが不意に入ってくるたびに、肝が縮む。

「どうだった？」

稲福は池田に訊いた。池田には、城内を捜させていた。

「それが……」

池田の表情が曇る。

次に出る言葉がよい知らせでないことは、聞かなくてもわかった。

「城内さんの立ち寄り先を捜してみたんですが、どこにもいませんでした。それと、城内さんのマンションにも行ってみたんですが、鍵は開いたままで、部屋はぐじゃぐじゃに散らかっていて、あちこちに血が飛び散っていました」

「殺られたということか？」

「それはわかりませんが、面倒が起こったのは間違いないですね」

池田の眉間が険しくなる。

殺られたな……。

稲福は思った。

城内ほどの手練《てだ》れが血まみれになるほどの暴行を受けているなら、生半可な結果で終わるはずがない。

葉巻の端を嚙みしめる。

「平中たちが鬼神の瑛太にやられたということは、城内さんも狙われた可能性が高いです。白石を捕まえて、吐かせますか？」

「てめえにできるのか？」

稲福はぎろっと目を剝いた。

池田の頰が引きつる。

「正直、人数かけても自信はないですけど、親父さん、このままってわけにもいかないですよ。城内さんが殺られて、こっちが何もしないってんじゃ、示しがつきません」

「わかってる、んなことは！」

稲福はテーブルを蹴った。

池田が肩をびくりと竦ませる。

「相手は白石だけじゃねえ。白石の後ろには、奥園と美濃が控えてんだ。てめえら、あいつらとガチで戦争する気はあるのか？」

稲福が言う。

池田は答えられず、うつむいた。

「ヤツらとやり合えば、てめえらも俺も無事でいられるかわからねえ。半分も生き残りゃあ、上出来だ」

「そんなに強えんですか、あいつら……」

「強えなんてもんじゃねえ。化け物だ、連中は」

稲福は、かつて啓三郎にやられたときのことを思い出し、身震いした。

「とりあえず、おまえらは城内を捜せ。もし、城内が殺られたという情報が入っても、先走るんじゃねえぞ。一度、ここへ戻ってこい」

「報復しないんですか？」

「やるときはやる。だが今は、まだその時じゃねえ。他の連中にも、そう伝えておけ」

「わかりました」

池田は一礼し、ドア口へ歩み寄った。

ノブに手をかける。と、勝手にドアが開いた。池田は後退し、身構えた。

稲福の目尻も強張った。

「親父さん！」

入ってきたのは、またも部下だった。

稲福は深く息をついて、部下を睨んだ。

「てめえらは、ノックの一つもできねえのか！」

腹の底から、怒鳴りつける。

が、部下は蒼い顔をして、傍らに駆け寄った。

「親父さん！　大変です！」

「何が大変なんだ！」

「奥園が乗り込んできました！」

部下が言う。

稲福の顔から血の気が引いた。

「追い返せ！」

稲福が声を張る。

と、部下を押しのけ、男が入ってきた。

「追い返せとはずいぶんだな」

俊士だった。

稲福の双眸が震えた。

池田が稲福の前に立ち、構えた。

「おい、若えの。俺は稲福社長と話をしに来ただけだ。そうイキるな」

「うるせえ！」

池田は拳を握り、精一杯虚勢を張る。

「どうしてもというなら、相手してやってもいいんだがな」

俊士は動じない。

うっすらと笑みを浮かべ、池田を睨む。

池田は臆して、若干後退した。

「池田、やめろ」

稲福が言った。

「ですが、親父さん。ここまでナメられて、このままってわけには——」

「やめろと言ってるんだ」

ひと睨みする。

「おまえらは出てろ」

稲福は低い声で命令した。

池田は渋々、もう一人の仲間と共に社長室を出た。ゆっくりとドアが閉まる。

池田を見送った俊士は、やおら稲福に顔を向けた。

「たいした貫禄じゃねえか、イナカン」

片笑みを覗かせる。

「何しに来たんだ、奥園」

「奥園？」

俊士はすっと目を細め、見据えた。

稲福の頬が強張った。

「……何しに来たんですか、奥園さん」

稲福は言い直した。

俊士は稲福の対面のソファーに腰を下ろした。

「だから、話をしに来たと言ってるだろうが。おまえの命《タマ》を殺《と》りに来たわけじゃねえから、心配するな」

笑みを作り、静かに見据えた。

稲福は葉巻を咥えたまま、無理に笑みを浮かべた。

3

正午前、ひと仕事終えたそらは、早めの昼食を摂ることにした。

今日から、メニューは麻婆豆腐に替わっていた。食事を持ってきた伊織は、そらが食べ始めるのを待っていた。

そらはスプーンで麻婆豆腐をすくい、口に入れた。

「どう？」

伊織が顔を覗き込む。

「ん……。ちょうどいい辛味ですね。スパイスも利いてて、おいしいですけど、午前からこれはきついかな」

「やっぱりそうよね。もう少し、辛味を抜いてくれるように言っとくわ」

伊織は微笑んだ。

ドアが開く。啓三郎が入ってきた。

そらと伊織を認め、歩み寄ってくる。対面の席に腰を下ろした。

「あれ、啓三郎さん。俊士さんと話があったんじゃないんですか？」

そらが訊いた。

啓三郎は、午前の作業を済ませてすぐ、俊士の部屋へ向かった。わずか五分前のことだ。

「あいつ、いねえんだよ。呼びつけといていねえとは、オレもナメられたもんだ」

啓三郎は舌打ちをした。

「ナメられただなんて。急用があっただけよ」

伊織はそらと顔を見合わせ、苦笑した。

ヒロが入ってきた。三人が溜まっているところに近づく。

「おー、おはよう」

あくびをして、啓三郎の隣に座る。

「昼まで寝てるとは、いい身分だな、おい」

啓三郎が毒づく。

「帰ってきたの、四時だったんですよ。このところ、仕事がハードだったし。丸一日寝てたいくらいですよ」

ヒロはコップを取り、水を注いで喉に流し込んだ。そらの手元を見る。

「麻婆かよ。寝起きにはきついなあ……」

「何か、軽めのもの作ってもらおうか？」

伊織が言う。

「みそ汁と飯だけくれよ」

「わかった。啓さんは？」

「オレは麻婆でいい」

啓三郎が言った。

伊織は頷き、厨房に戻った。

「今日の出荷分、終わったんですか？」

「当たり前だ。どれだけ頑張ったと思ってんだよ。なあ、小僧」

啓三郎がそらを見る。

「ですね。今日はきつかったです」

そらは頷いた。

「おい、ヒロ。俊士から何か聞いてねえか？」

「何かって？」

「仕事増やすとか、取引先増やすとか」

「そういう話は聞いてないですけど。何かあったんですか？」

ヒロが訊く。

「朝方戻ってきて、話があるから来てくれとオレを呼び出しやがったんだけどよ。さっき部屋を覗いたら、いねえんだよ。あいつが二人で話がしてえって時は、事業を拡大したいって話がほとんどだからよ。おまえも何か聞いてるんじゃねえかと思ってな」

「いや、そういう話は聞いてないですね」

ヒロが首を振った。

「昨日の晩、一緒じゃなかったのか？」

「昨日は午後から別行動でした。おれはいったん戻ってきて、夜中にもう一度仕事に出たんですけどね。ずっと会ってませんよ」

「あいつ、知り合いに会ってたと言ってたんだけどよ。誰か知らねえか？」

「知らないです」

「ほんとか？」

啓三郎がじろりと睨める。

「マジっすよ。おれも気になることはあるんですけど、別に訊くまでのこともねえし」

ヒロも見返す。

そらはギスギスしてきた空気を感じ、二人から目を逸らして、食事に没頭した。

伊織が二人の食事を持ってきた。

「ほらほら。そら君が困ってるでしょ。二人とも、カリカリしない。どうぞ」

伊織は膳を二人の前に置いた。

空気が和む。

伊織はそらを見て、にっこり微笑んだ。

4

俊士は、テーブルに置かれているシガレットケースから稲福の葉巻を取り、咥えた。端を嚙み切り、口の中で咀嚼し、ニコチン汁を味わう。

灰皿を取ってカスを吐き出し、ライターを取って、先端部分を炙った。

吸い込むと、葉巻の先に火が点った。甘い香りと紫煙が立ち上る。

俊士は煙幕の向こうの稲福を見据えた。

「いい葉巻吸ってんじゃねえか。もらっていいか？」

「……どうぞ」

稲福は渋々頷いた。

俊士はケースの中の葉巻を三本取り、胸のポケットに差した。

「奥園さん。話ってのはなんですか？」

稲福から切り出した。

俊士は葉巻を指で挟み、天井に向かって煙を吐き出した。やおら、稲福に顔を向ける。

「うちのが、おまえの舎弟に手を出して悪かったな。この通りだ」

太腿に手を突いて、頭を下げる。

「何の真似ですか……」

稲福は戸惑いの色を浮かべた。

俊士は長めに頭を下げた後、ゆっくりと上体を起こした。

「今回の件は、俺に免じて、矛を収めてくれないか」

「……平中たちの件は、それでいいですよ」

「そうか。すまんな」

「うちの城内はどうしたんです？」

稲福が訊いた。

「悪い。手違いでバラしちまった」

俊士はさらりと答えた。

稲福は色を失った。黒目が泳ぐ。が、次第に顔が上気してきた。こめかみに血管が浮き、目尻が吊り上がる。

「どういうことですか」

声が震える。

「手違いだ」

俊士は稲福を見据えた。

「手違いじゃねえでしょうが！」

稲福はたまらず声を張った。

ドアの外まで響く声だ。池田が中へ飛び込んできた。

「親父さん！」

「入ってくるんじゃねえ！」

一喝する。

池田は激怒している稲福を見て、そそくさと外へ出た。

俊士は稲福の様子を静かに見つめていた。

「城内は俺の腹心だ。そいつを殺られて、手違いで済ませろというのか！　おおう！」

ギョロ目を剝いて凄む。

俊士は涼しい顔をして、息をついた。

「こら、イナカン。そもそもは、おまえらがうちのお得意さんのシンハに手を出すからいけねえんだろうが。違うか？」

「こっちも趣味で仕事してるわけじゃねえ。競合相手を探るのは当たり前だろう」

「探るだけならいいが、切り崩そうとしただろう。俺が何も知らないとでも思ってるのか？」

俊士の顔から笑みが消えた。そこはかとない迫力が滲み出る。

稲福の眦が強張った。背筋が冷たくなる。

俊士と直接やり合ったことはない。が、岡田会の準構成員だった時、俊士率いる奥園組の話は聞いていた。

奥園組は、日本屈指の暴力団・菱友連合の二次団体で、組員自体は三十名と少なかったが、上から決して手を出すなとの通達が出るほどの武闘派集団だった。

岡田会の二次団体の組も奥園組とやり合って、いくつか潰されている。懇意にしていた組員から、その時の様子を聞いたことがある。

奥園組の連中は、こそこそと立ち回ることはせず、正面から突っ込んできて、銃や日本刀を振り回し、あっという間にその場を制してしまう。

何もできないまま、血に飢えた獣の群れに食われたようなものだと、その組員は語っていた。

その組員も決して弱い者ではなかった。

しかし、奥園組を語る時の彼は蒼ざめ、脂汗を流すほど弱々しかった。

トラウマを残すほどの地獄を見せる集団、それを仕切る奥園俊士という男に、稲福はずっと畏怖を感じていた。

だから、自動車窃盗団の競合相手が俊士だと聞いた時は、組織を再結成するかどうかさえ逡巡した。

足を洗ったとはいえ、俊士の中にある激情が消えているはずはない。

オーナーは、いざとなれば、自分の組織の人間を加勢に回すと言っていたが、標的になるのは自分だ。

最後はオーナーに押し切られる形で組織を再編し、俊士たちと争うことを決めたが、実際、俊士を前にすると、その決断が正しかったのかわからなくなった。

目の前にいる俊士は、闇を覗いたことがある者にしか感じられない狂気をまとっている。

啓三郎も恐ろしい男だったが、俊士にはそれ以上の凄みを覚えた。

舎弟が殺された。上に立つ者として、このままではいられない。

しかし、圧倒的な威厳を突きつけられ、稲福の口から言葉が出なくなった。

空気が重い。息苦しくなってきて、呼吸が速くなる。今にも詫びてしまいそうだ。

こめかみから頬に汗が伝わる。その汗を拭うことすらできない。

猛獣の檻に放り込まれたような絶望感が湧き上がってくる。

どうする……どうする！

混乱し、発狂してしまいそうだ。

と、俊士がふっと笑みを浮かべた。まとっていた殺気が消える。

稲福は目を見開いたまま、大きく息を吸い込んだ。ゆっくりと吐き出す。速くなっていた鼓動が少しだけ落ち着いた。

「そう緊張するな。おまえの命を殺ったりはしないよ」

俊士は目元も緩めた。

稲福はようやく平常心を取り戻し、短くなった葉巻をつまんで、灰皿で揉み消した。

「シンハの件、うちのシマを切り崩そうとした件は、城内というヤツのタマで相殺してやる」

「奥園さん……。それじゃあ、うちの連中が納得しねえよ」

「戦争でもするか？」

片笑みを浮かべた。

稲福の頬が再びひきつる。

「うちと交えりゃ、おまえだけは確実に殺るぞ。わかってるだろう。お互い、その道で生きてきたんだからよ」

俊士は上体を起こした。

稲福がびくりとする。

俊士は笑って葉巻を吸い、煙を燻らせた。

「まあしかし、おまえの言うこともわかるよ。うちは無傷なのに、おまえのところは二人重傷で一人は殺られた。間尺に合わねえわな。そこで一つ、提案がある」

ソファーに深くもたれ、脚を組んだ。

「もうひと稼ぎしたら、俺たちはこの稼業から手を引く」

「窃盗をやめるというんですか？」

稲福は訝しげに片眉を上げた。

「そうだ。奥美濃自動車は、廃車と中古品パーツ販売の堅気の会社にする。その時、うちの得意客とルートを全部おまえの会社に譲渡してやる。その代わり、平中というヤツらと城内の件は不問。この条件でどうだ？」

「本気ですか？」

「ああ。俺もいい加減に裏稼業は疲れたんでな。そっちは、おまえらみたいな若くて威勢のいい連中に任せるよ」

俊士は笑顔を崩さない。

稲福はじろじろと俊士の顔を舐めるように見つめた。受ける感じでは、俊士が戯言を口にしているようには思えない。

「おまえにとっても悪い話じゃないだろう。舎弟を殺られた代わりに、俺のシマを全部持っていくんだ。おまえが交渉して勝ち得たと吹聴してもかまわないぞ。それなら、おまえの顔も立つし、城内ってのも命を張った意味がある。下の連中の溜飲も下がるだろうよ。だから、もう少しおとなしくしてろ」

「いつまで、じっとしてりゃいいんですか？」

「あと三ヶ月。それで手じまいする」

「本当ですね？」

「約束する」

俊士は強く頷いた。

にわかに信じがたい。が、もし俊士が本当に裏稼業から手を引き、シマも譲渡してくれるなら、これ以上の申し出はない。

「どうするよ？」

俊士が迫った。

稲福は腕組みをした。しばらくうつむいていたが、腕を解き、両手を腿に置いて、顔を上げた。

「わかりました。それで手を打ちます」

「話がわかるヤツでよかった」

俊士は微笑んだ。

「譲渡の件は、改めて打ち合わせよう。俺から連絡を入れる。それまで邪魔するんじゃねえぞ。もし、つまらねえ色気を見せたら——」

腰を浮かせ、稲福を睨む。

「追い込むからな」

双眸に狂気が滲む。

稲福は頷くしかなかった。

5

食事の後、啓三郎は再び、俊士の部屋を覗いた。

まだ、帰っていない。

「どこに行きやがったんだ、あのぼけ……」

舌打ちし、振り返る。

瑛太の姿を認めた。啓三郎は声をかけた。

「おい、瑛太」

「お疲れさんです」

瑛太が会釈をする。啓三郎は歩み寄った。

「俊士、知らねえか？」

「見てないですね。どうかしました？」

「朝、帰ってきた時に話があるから部屋に来いと言っていたくせに、来てみたらいねえんだよ。どこをほっつき歩いてんだ」

「さあ……。私は今日は会っていませんから」

瑛太はそらとぼけた。

「そうだ。あいつ、昨日も知り合いのところに行ってきたと言ってたんだが、誰だか知らねえか？　ヒロは知らねえと言ってるし。おまえ、何か聞いてないか？」

「いえ……」

瑛太は言葉を濁し、視線を背けた。

啓三郎は、その様子を見逃さなかった。

「何か知ってるのか？」

「いえ、ホントに知らないんですよ。では」

啓三郎から離れようとする。

啓三郎は、瑛太の肩をつかんだ。強引に引き寄せる。

「……何か知ってんな、てめえ。ちょっと来い」

無理やり、バラックの外れに連れていく。瑛太は逆らえなかった。

啓三郎は肩を握ったまま、バラックの壁に瑛太の背中を押しつけた。

「俊士はどこに行ってんだ？」

「それは……」

口ごもる。

啓三郎は、空いている左手で瑛太に平手打ちした。乾いた音が響く。

「オレがどういうヤツか知ってんだろうが。しゃべらねえなら、身内でも関係なく吐かせるぞ」

再び、ビンタを食らわせる。

瑛太は顔をしかめた。

「ヤツはどこに行ったんだ。え？」

訊きながら、往復ビンタを浴びせる。瑛太の頰が赤くなる。

「話せ、こら」

啓三郎は淡々と平手で打つ。

声を張らず、ひたすらビンタをくれる啓三郎に、そら恐ろしさを覚える。

「わ……わかりました」

瑛太が言う。

啓三郎が手を止めた。瑛太の頰は若干膨れていた。

瑛太は一つ深呼吸をして、啓三郎を見つめた。

「啓さん。話しますけど、これだけは約束してください。何を聞いても、決してキレないと」

「話による」

「それじゃあ、話せません」

「そうか」

啓三郎が再び、左手を上げる。

瑛太はまっすぐ、啓三郎を見つめた。啓三郎も見返す。ゆっくりと上げた左手を下ろし、握っていた肩も放した。

「わかった。キレねえよ」

「すみません。偉そうなことを言って」

瑛太は乱れた襟足を整えた。

「で、誰と会ってるんだ?」

「今、俊士さんは稲福と会っています」

「稲福だと?」

啓三郎が気色ばんだ。

「啓さん、頼みます」

瑛太が頭を下げる。

「わかってる。キレてねえよ」

啓三郎は言う。が、眉間に皺を寄せ、明らかに不愉快な表情を浮かべていた。

やはり、話すべきではなかったか……。

瑛太は思ったが、ここで黙ることもできなかった。

「実は、稲福の腹心の城内って野郎を捕まえて、いろいろ吐かせたんです。その時、城内は稲福からこう聞かされたそうです。『俺たちの素性がバレても、あいつらは事務所には踏み込めねえ。美濃はともかく、奥園がいれば大丈夫だ』と」

「あ? どういう意味だ?」

「真意は測りかねるんですが、適当なことを吹いてる様子でもなかったんで――」

「その城内ってのは、どうした？」

「口を塞ぎました。いずれにしても、そんなことを吹聴されては、こっちの仕事にも支障が出ますから」

「そうだな」

　啓三郎は驚きもせず肯定した。

「私も半信半疑だったんですが、一応、裏を取ろうと武井に張りつかせていました。そして、さっき連絡が来たんですが、俊士さん、双実の事務所に入っていったそうです」

「おまえらの後始末をしに行ったんじゃねえのか？」

「だと思うんですが。妙だと思いませんか？　実は今朝、俊士さんに呼ばれて城内たちの話をしたんですが、俊士さんはすぐ話し合うと言ったんです。稲福と。商売敵が勝手に掻き回しているのに、話し合うも何もないでしょう。啓さんだったら、どうします？」

「戦争だな」

「でしょう？　私もそうです。けど、そんな素振りを微塵も見せなかった。稲福と通じているという話は戯言だと思っていたんですけど、簡単に話し合うと決めて、双実の事務所に行った。舎弟をやっているのに、たいした騒動もなく、事務所に入っていった。通じてるという話、まんざらでもないのかもしれないと思いまして……」

瑛太はうなだれた。

啓三郎は腕組みをした。

「どこまで調べはついてるんだ？」

「まだ、調べ始めたところです」

「そうか。おまえはこのまま、俊士を調べろ。わかったことはどんな小さなことでもいい。オレに知らせろ」

「わかりました。啓さん、俊士さんと事を構えることだけは——」

「しねえよ。事と次第によっては、カタ付けなきゃならねえかもしれんが、その時はオレと俊士でカタを付ける。おまえらには迷惑かけねえから。この話は、オレとお前らの間だけで収めとけ。他には漏らすな」

啓三郎は瑛太の腕を叩き、その場から歩き去った。

瑛太はバラックの壁にもたれ、空を見上げて大きく息をついた。

第5章

1

「啓さん。ホイールの洗浄、終わりました」

そらは額の汗を拭いながら、啓三郎に声をかけた。

「そうか。じゃあ、今日はもう上がっていいぞ」

「まだ、三時ですよ」

「いいんだよ。朝早かったし、今日の分はもう片づいてる。こういう日はさっさと上がっちまうに限る」

啓三郎はニヤッとした。

「わかりました。じゃあ、お先に上がらせていただきます」

そらは啓三郎に一礼し、安西たちに声をかけ、裏工場を後にした。

自分の部屋へ戻る途中、俊士を見かけた。

「俊士さん！」

そらは声をかけ、駆け寄った。

「おう。どうした？」

俊士が笑顔を向ける。

「今日は朝が早かったので、もう上がっていいと啓さんに言われて」

「そうか。そういう日もあっていい」

俊士は微笑んだまま頷いた。

「そら。仕事はどうだ？」

「楽しいですよ。僕の両親、元々鉄工所を営んでいたんです。工作機械の音とか、油の臭いとか、すごく懐かしくて。時々、啓さんが僕の父親みたいに見えることもあるんですよ。もし父が僕に仕事を教えていたら、こんな感じなのかなと思ったりして」

そらは少し照れたように破顔した。

「このまま続けたいと思うか？」

「中身はともかく……」

そらは苦笑し、

「この手の仕事は続けたいと思い始めました。もう少し時間ができたら、整備工の資格を取るのもいいかな、と」

「そうか」

俊士は目を細めた。

「あの日、偶然だけど、俊士さんたちに会えたおかげです。ありがとうございます」

そらは頭を下げ、自室へ戻っていった。

俊士は、そらの後ろ姿を見つめた。

「あいつのためにも、早く正常化してやらないとな」

俊士は微笑み、自分の部屋に入った。

2

稲福は俊士が事務所から出ていった後、すぐオーナーに連絡を入れた。

事の詳細を知らされたオーナーは、双実の事務所に顔を出した。

稲福は奥の一人掛けソファーをオーナーに譲り、自分は差し向かいの二人掛けソファーに浅く腰掛けた。

「奥園の野郎、そんな生意気なことをぬかしやがったのか」

オーナーが奥歯を嚙む。

「で、てめえは、敵が一人で乗り込んできたというのに、はいはいと言うことを聞いただけで、無傷で帰したってえのか？」

右目でぎろりと稲福を睨む。

稲福は渋い表情を覗かせた。脂汗がこめかみに滲む。

「宇垣《うがき》さん。相手はあの奥園俊士ですよ。さすがに俺も何ともできねえ。やるなら、宇垣さんのところの兵隊出してくれねえですか。うちのだけじゃ、無理ですよ」

稲福が言う。

宇垣と呼ばれた男はため息をついた。

「おいおい……。俺はおまえを漢《おとこ》と見込んで仕事を任せてんだ。将来の組長が、そんな情けねえことを口にするんじゃねえよ」

「すみません……」

稲福は双肩を落とした。

宇垣はうなだれる稲福を片目で見据え、小さく顔を横に振った。

宇垣は左目が潰れていた。左腕もなく、スーツの袖が揺れている。生きている右目は蛇のように細く、淀んでいる。頰は凹み、顔色は常に青白く、体も痩せこけている。その風貌はまるで死神だ。

体格だけ見れば、貫禄は稲福に軍配が上がる。しかし、稲福は決して、宇垣に手を出そうとはしない。

「まあいい。で、奥園は確かに、三ヶ月後には今の仕事を手じまいして、堅気になり、裏稼業についてはすべておまえに譲ると言ったんだな？」

「はい」

「信じたのか？」

「額面通りに受け取っちゃいないですが、満更、フカシ入れてるとも思えませんでした」

「油断させて、一気に追い込むつもりなんじゃねえか？」

宇垣は組んだ脚の先を揺らした。

「そりゃねえと思うんですがね……」

「わからねえぞ。相手は、あの奥園と美濃だ。連中が俺やうちの親父に何をしたか、散々話して聞かせただろう」

「それはそうですが……。いや、でも、もし奥園の申し出が本当なら、血を見ることなく連中のシマを手に入れられるわけですから、それはそれでいいことなんじゃねえかと」

「甘《あめ》えな、おまえは」

宇垣は右腕を伸ばし、テーブルに置かれたケースから葉巻を取った。端を嚙み切り咥え、ライターで先端を炙る。紫煙が立ち上った。

「堅気になったとはいえ、ヤクザは所詮ヤクザだ。中身は変わりゃしねえ。奥園が今、本気でそう思っていたとしても、自分のところに利がねえと思ったら、口約束なんざ簡単に反故にしちまう。特にあいつらは腐れ外道だ。美濃は親を裏切るようなヤツだし、奥園はそれに便乗して、シマを乗っ取ろうとするようなヤツだからな」

吐き出した紫煙を追い、細い目をますます細める。

そこはかとなく漂う怒気に、稲福はかすかに震えた。

「まあいい。この件はちょっと俺に預けろ。奥園が契約を持ちかけてきても、独断で決めるんじゃねえぞ。必ず、俺を通せ」

「わかりました」

稲福が言う。

宇垣は大きく煙を吐き出し、宙を睨んだ。

3

啓三郎は作業を終え、工場を出た。

と、裏工場の出入り口付近の壁際で声がかかった。

「啓さん」

啓三郎が目を向ける。瑛太だった。

「ちょっといいですか？」

目を見る。

啓三郎は頷き、瑛太と共に工場の裏手に回った。

瑛太は周りに目を向け、人目のないところまで啓三郎を連れていった。立ち止まる。啓三郎が歩み寄った。

「俊士さんが戻ってきました」

瑛太が言う。

「どうだった？」

「俊士さん、午後一時過ぎに双実の事務所から出た後、世田谷にある会計士の事務所に向かいました」

「会計士？　原田か？」

「いえ、西野公認会計士事務所というところでした」

「西野？　そりゃ、おかしいな。うちの会計は原田が請け負っているはずだ。それに原田の事務所は世田谷じゃねえ。何者だ、そいつは？」

「それがですね……」

瑛太が顔を寄せる。

「武井に調べさせたんですが、その西野ってヤツ、昔の俊士さんの子分だったようなんです」

「子分？　奥園組の組員だったってことか？」

啓三郎の言葉に、瑛太が頷く。

啓三郎は腕を組み、眉根を寄せた。

「どういうことだ？」

「細かいことは今調べているところですが、その西野ってヤツについては、いろいろとわかりました」

瑛太は話を続けた。

「西野直紀《なおき》。二十代の頃に半年間だけ、奥園組に在籍していました。その後まもなく足を洗って、公認会計士の資格を取得し、そのまま堅気の仕事を続けています」

「企業舎弟ということか？」

「そうではないようです。本当にヤクザの世界からは足を洗ったようでして。俊士さんと付き合いを再開させたのは、俊士さんが奥園組を解散させた後からのようです」

瑛太が言う。

啓三郎は眉間に濃い皺を立てた。

「わからねえな……。なんで、二重会計なんて真似をしてるんだ？」

「それについては調べ中なんですが、ちょっと妙な噂があるんです」

「何だ？」

「俊士さんが、裏の仕事をイナカンに譲ろうとしているという話です」

「どういうことだ、そりゃあ？」

啓三郎が首を傾げた。

「敵に塩を送るってえのか？　そんな戯言、誰が触れ回ってんだ」

啓三郎のこめかみに血管が浮いた。

「誰ってわけじゃないんですが、武井が、双実に関係しているチンピラがそう噂しているという話を耳にしたようで。ただそれなら、二重会計にしている理由もあるのかなと」

瑛太はさらに顔を寄せた。

「ひょっとしてですが。俊士さん、このまま裏に関してはごっそりとイナカンのところに持っていって、自分一人の儲けにしようとしているんじゃないですか？」

小声で言う。

啓三郎の片眉がひくりと上がった。

「裏切るってのか？」

「そうは思いたくないんですが、私らにはともかく、啓さんにも二重会計のことを隠していたというのは妙じゃないですか。それも、裏帳簿を管理させていたのは元子分。さっさと堅気にさせた得体のしれないヤツです。裏がないと考える方が難しい。そう思いませんか？」

瑛太が畳みかける。

啓三郎は少し宙を見つめていた。やおら、腕を解く。

「俊士、戻ってきてるんだな？」

「はい」

「話してくる。推測でああだこうだ言っていても仕方ねえ」

「では、私も——」

「おまえはいい。二人だけで話させろ」

「ですが……」

「心配するな。やり合ったりはしねえよ。俺たちがやり合えば、ここは終わるからな。おまえはとりあえず、イナカンとその西野ってのを徹底して調べろ」

啓三郎はそう言い、工場裏から立ち去る。

瑛太は啓三郎の背中を見つめ、ポケットからスマートフォンを取り出した。

4

部屋のドアがいきなり開いた。

俊士はドア口を見た。

「おー、啓三郎」

笑顔を向ける。

「おー、じゃねえよ。人を呼びつけといて、どこをほっつき歩いてんだ」

「すまん。ちょっと急用でな。まあ、入れ」

俊士が言う。

啓三郎はサンダルを脱ぎ捨て、中へ入った。敷きっぱなしのローベッドに腰を下ろす。

「仕事は？」

「今日の分は終わった」

「じゃあ、一杯やるか」

俊士は腕を伸ばして、一升瓶を取った。

「湯呑み、出してくれよ」

俊士が言う。啓三郎は腰を浮かせ、カラーボックスに並んでいる湯呑みを二つ、つかみ取った。二人の間の床に置く。

俊士は栓を開け、日本酒を湯呑みに注いだ。各々、湯呑みを取る。

「今日もお疲れさん」

俊士が差し出す。啓三郎は湯呑みを合わせ、飲み干した。一升瓶を取り、空になった湯呑みに酒を入れる。

「話ってのは、なんだ？」

啓三郎が切り出した。

俊士は含んだ酒を喉に流し、啓三郎を見つめた。

「啓三郎。そろそろ、裏稼業から足を洗わないか？」

俊士が言った。

啓三郎は目を見開き、驚いたふりをした。

「自動車窃盗をやめるってのか？」

「ああ。裏稼業は手じまいにして、自動車整備や中古パーツ販売だけの堅気の会社にする」

「やっていけるのかよ」

「おまえに内緒にしていたんだが、俺の昔の子分で、今、公認会計士をしている西野って男がいる。そいつに裏の会計管理と投資をさせていた。裏で稼いだ金は、投資でしっかり洗浄できて、新しい土地や建物を買うだけの資金もできた」

「何、勝手なマネしてんだ」

啓三郎は眉尻を吊り上げた。

俊士の腹を探りたい。ここは冷静に話を進めたいが、どうしても腹に据えかねて、感情が表に出てしまう。

「黙っていたのはすまなかった。俺も、堅気の会社に移行することを考えてはみたものの、そううまくいくのか自信がなかったんでな。メドがついた時におまえに相談しようと思っていた」

「気に入らねえな……」

酒を飲み干し、湯呑みに手酌で注《さ》す。

「独断で話を進めていたのは悪かった。しかしなあ、啓三郎。俺たちももういい歳だ。そろそろ斬った張ったの世界から身を引いてもいいんじゃねえか？」

「オレら、とっくに堅気じゃねえか」

「ヤクザじゃないだけだ。やってることは堅気じゃねえ。これを続ける限り、またあのクソみたいな世界に引き戻される。瑛太に聞いたか？」

「何の話だ？」

「イナカンの部下を一人、殺っちまった話だよ」

「……ああ、聞いた」

啓三郎は言った。

「イナカンと会ってきた。で、裏稼業をイナカンに譲渡することで、殺しについては不問に付すということで話をつけてきた」

「ちょっと待て。先に粉かけてきたのは連中だ。イナカン自身が殺られても仕方ねえ話だぞ。なんで、こっちが譲歩しなきゃならねえんだ！」

感情が高ぶり、語気が強くなる。

「落ち着け。俺たちが〝現役〟なら、あいつも生きちゃいない。だが俺たちはもう、堅気の連中も抱えている会社の代表だ。俺やおまえについてきた昔の仲間はまだしも、根っからの堅気の連中まで喧嘩に巻き込むことはない。ここらが潮時だ。違うか？」

「オレに説教垂れてんのか？」

片膝を立て、俊士を睨みつける。

俊士は苦笑した。

「おまえ、ヤクザに戻りたいのか？」

俊士が訊いた。

啓三郎の黒目が揺れた。

「あのクソ溜めに戻りたいのかよ。俺はもういい。おまえもそうじゃないのか？」

俊士が言う。

啓三郎は湯呑みを握りしめ、うつむいた。

啓三郎は関東の広域暴力団笹本《ささもと》組系嵐仁会《らんじんかい》の若頭だった。

次期会長間違いなしと言われていた絶対的ナンバー2で、地位が上がっても自ら敵に切り込む姿勢に、舎弟たちからも厚い信頼を寄せられていた。

しかし、会長の野口勝一は、周りの信頼を一手に集める啓三郎を快く思っていなかった。

とはいえ、大義もなく啓三郎を追い出せば、自分の器を測られ、格が下がる。

そこで野口は、ナンバー3の宇垣誠《まこと》と結託し、啓三郎を潰すことにした。

話は単純だった。

当時、武闘派として売り出していた菱友連合奥園組の奥園俊士とぶつけ、互いに潰し合いをさせるだけの話だ。

野口は宇垣を介し、やはり奥園を面白く思っていない菱友連合の別の組の者に話を持ちかけ、互いの組の名を騙らせてシマを荒らし回り、二人がぶつかるように仕向けた。

啓三郎も俊士もまっすぐな武闘派ヤクザだったので、ぶつけるのは難しいことではなかった。

互いの組員の命を二、三殺《と》ったところで、二人の全面戦争が始まった。

これで、奥園組と嵐仁会の啓三郎と啓三郎についている舎弟が潰し合えば、適当なところで手打ちをし、俊士と啓三郎をそれぞれから追い出して終わり。

という予定だった。

が、俊士が捕まえた宇垣の舎弟が、拷問を受け、宇垣たちの目論見を白状してしまった。

真相を知った啓三郎は、矛先を親と自分の兄弟分だった宇垣に向けた。

俊士は啓三郎と共闘した。

啓三郎は野口も宇垣も自分の手で殺すつもりだった。が、どれだけの非道をされたとしても、ヤクザの世界で親殺しだけは御法度だ。

俊士は、啓三郎の代わりに嵐仁会会長の野口勝一の命を殺った。

啓三郎は宇垣に斬りつけ、左目と左腕を奪った。

宇垣を殺さなかったのは、野口と宇垣が結託していたことを証明するためだ。

啓三郎と俊士は、野口亡き後の会長代行を宇垣にした。

そして、中立の立場にある大物の親分に仲介を頼み、事の真相を話したうえで、啓三郎は破門、俊士は奥園組を解散するということで手打ちにした。

宇垣としても、手打ちを飲まざるを得なかった。和解できなければ、自分が啓三郎か俊士に殺されるだけだ。

宇垣は、打診を渋々受け入れた後、少しの間、嵐仁会の会長代行を務めていたが、仲介役の親分に促され、二代目は下の者に譲り、引退した。


「なあ、啓三郎。もうあのクソみたいな駆け引きの中で命を殺り合うような生活はいらないだろう。イナカンと殺り合うことになれば、また若いのが死ぬぞ」

「イナカンくらい、たいしたことはねえだろう」

「俺たちにはな。しかし、堅気で入ってきている連中に殺し合いはできない。おまえ、そらが人を殴る光景を想像できるか？」

「ありゃあ、無理だな」

思わず、笑みがこぼれる。

「さっき、そらが言ってたよ。整備工の資格でも取ろうかなと」

「あいつは案外手先が器用だから、いい整備工になるだろうな」

「おまえが死んだ親父みたいに思えるとも言ってたぞ」

俊士が言う。

啓三郎は片笑みを浮かべ、酒を少しだけ口に含んだ。

「ああいう若い連中に未来を創ってやりたくないか？　俺たちみたいに道を外れず、陽の下で生きていける未来をな」

「おまえ、牧師か坊さんにでもなりたいのか？」

「神も仏も、俺を受け入れちゃくれないよ」

俊士は笑った。

啓三郎も笑みを見せる。

「いつ頃、手じまいする気だ？」

「イナカンには三ヶ月後と伝えてきた。実質、盗みの仕事はあと二ヶ月。残り一ヶ月は残務整理をして終わろうと思う」

「妥当な流れだな」

「俺の計画に納得してくれるか？」

「話はわかった。しかし、悪ぃが信用はできねえ。まず、その西野ってのに会わせてくれねえか？　知らねえヤツを手放しで信用できるほど単純じゃねえんだ」

「わかってる。今から会うか？」

「ああ。早え方がいい」

「瑛太とヒロも連れていこう。話が動き出したら、あいつらにもいろいろと手伝ってもらわなきゃならないからな」

俊士は酒を飲み干し、立ち上がった。

「ちょっと待ってろ。ヒロと瑛太も呼んでくるから」

そう言い、俊士は部屋を出た。

啓三郎は、俊士の残像を見つめた。

5

俊士は食堂に顔を出した。

そらとヒロが顔を揃え、夕食を摂っていた。俊士が二人に近づく。

「おっ、今日はすき焼き鍋か。うまそうだな」

俊士はそらの手元を覗き込む。

「そりゃいいんですけどね。いつもみたいにスッと出てこないんですよ。煮過ぎても煮足りなくてもうまくないからって。こっちは腹減ってるから、なんでもいいんだけど」

ヒロが箸をぶらぶらさせ、愚痴る。

伊織が俊士の姿を認め、歩み寄ってきた。

「おかえりなさい。俊士さん、すき焼き鍋でいいですか？　まあ、これしかないんだけど」

苦笑する。

「先にビールでも出してくれよ」

ヒロが言う。

「そうね。今すぐ――」

「ああ、伊織ちゃん。ちょっと出かけるから、俺たちはいいよ。ヒロ、仕事だ」

「今からですか？」

「すぐだ。出かけるぞ」

「人使い、荒いなあ……」

ヒロは箸を置いて立ち上がった。

「もうすぐ鍋できるけど」

伊織が言う。

「いいよ。そら、おれの分も食っといてくれ」

「二つもですか！」

「肉体労働してんだ。そのくらい食えるだろう。しっかり食って、そのひょろい体、なんとかしろ」

「ひょろいって……」

「じゃあな」

ヒロが俊士と出ていく。

そらは左拳を握って、前腕を見つめた。そこそこ筋が立っている。

「僕、そんなにひょろいですか？」

伊織を見やる。

「兄さんたちががっちりしているだけ。鶏ガラじゃないよ」

「ですよねえ」

「でも、もう少し大きくても問題ないよ。そら君、元々細いから」

「伊織さんもその方がいいと思いますか？」

「私は今のままでもいいと思うよ」

にこりと微笑む。

そらは頬が熱くなった。

「ただ、兄さんの分が無駄になるから、すき焼き鍋は食べてね」

伊織は首を傾け、その場を離れた。

「一人用の鍋とはいえ、二つはきついよなあ」

そらは腹をさすり、ベルトの穴を一つずらした。


「俊士さん。今から仕事って、早くないですか？」

「盗みじゃない」

「どこに行くんです？」

「会計士のところだ」

「原田さんのところですか？」

「いや、別の会計士のところだ」

俊士が言う。

ヒロは俊士を見つめた。

「何の話ですか？」

「裏稼業を終わらせる」

俊士の言葉に、ヒロは目を丸くした。

「マジですか！」

「大マジだ。啓三郎も納得した」

俊士は言い、ヒロの肩に腕を回し、強く握った。

「これからは、お天道さんの下で堂々と生きるぞ」

「なんだか、イメージ湧かないですけど。俊士さんが決めたなら、おれはついていきますよ」

笑顔を見せる。

俊士は頷いた。

「瑛太は？」

「さっき、出かけましたよ。どこに行ったのかは知らないですけど」

「そうか……。あいつにもいてほしかったんだが、仕方ないな。車を用意してくれ。啓三郎を連れてくる」

俊士は肩を叩き、自室へ駆け戻った。

「ついに、本当の堅気か……」

ヒロはポケットに手を入れ、目を閉じる。車のキーを取り出し、食堂の方に目を向けた。

伊織とそらの顔を思い出す。

「それも悪くねえか」

片笑みを浮かべ、電子キーの解錠ボタンを押した。

6

瑛太は武井と共に、新宿にある高層ホテルのスイートルームを訪れた。

ベルを鳴らすと扉が開いた。スーツを着た体格のいい男が顔を覗かせる。

「お待ちしてました。どうぞ」

招き入れる。

瑛太と武井は中へ入った。エントランスから右手のリビングへ入る。

ロココ調のソファーには、左腕のない痩身の男が腰かけていた。

「ご苦労」

男が言う。

「急にお呼び立てしてすみませんでした、宇垣さん」

瑛太は会釈し、差し向かいのソファーに座った。

「飲むか？」

宇垣は手に持っていたブランデーグラスを掲げた。

「いえ、私は」

「そっちは？」

宇垣は瑛太の後ろに立っている武井に右目を向けた。

「私も結構です」

「つまらねえ連中だな。まあ、いい」

ブランデーを飲み干す。顔をしかめて喉を過ぎる熱さを噛みしめ、グラスを置く。大柄の男がブランデーを注ぎそうとする。

宇垣は右手のひらを挙げた。

「久峰《ひさみね》。武井と隣の部屋で待ってろ。二人で話をする」

「わかりました。武井さん、どうぞこちらへ」

久峰が武井を促す。

武井は一礼し、リビングを出た。

隣の部屋のドアが閉まり、二人きりとなる。

宇垣はスーツの内ポケットから葉巻を出し、端を嚙み切った。くちゃくちゃと葉を咀嚼し、ニコチン汁を飲み込んだ後の残りカスをカーペットに吐き出す。そして葉巻を咥え、火を点けた。

甘い香りと煙が漂う。

「美濃は動いたか？」

宇垣が訊いた。

「いえ。それなりに煽ってみたんですが、仲間の連絡では、ヒロ……猪子《いのこ》も連れ立って、どこかへ出かけたそうです」

「どこかとは？」

「尾行している仲間の報告からすると、おそらく、西野っていう会計士のところじゃないかと」

「本気で手じまいする気なのか、奥園は」

「みたいですね」

瑛太が言う。

宇垣は大きく煙を吐き出した。

「みたいですねってのは何だ？」

右目を剝いて、瑛太を睨む。

「てめえ、このまま連中に逃げ切られてもいいのか、こら！」

ブランデーグラスをつかみ、投げつける。

瑛太は避けなかった。グラスは右耳の端を掠め、後方の壁に当たって砕けた。

隣の部屋のドアが開く。久峰と武井が同時に飛び込んでくる。

「親父さん！」

「白石さん！」

「何でもねえ、引っ込んでろ！」

宇垣が一喝した。

武井が瑛太を見やる。瑛太は右手の甲を振った。久峰と武井が共に一礼し、下がった。

「なあ、白石。そもそもはてめえが持ってきた話だぞ。奥園や美濃と稲福をぶつけて、争いになったどさくさで二人を殺っちまおうってのは。あの腐れ外道どもを殺るというから、俺は話に乗ったんだ。チンピラとはいえ、今、俺の下にいる稲福をコケにされて、このままシャンシャンで終わりってんなら、五年前のあの時と変わりゃしねえ。二度も連中の足を舐めるような真似をさせられるんだ。俺は収まらねえぞ」

「わかってます」

「どうするんだ？」

宇垣が見据える。

瑛太は、ソファーの肘掛けに片肘を乗せ、両手の指を組んでうつむいた。

「どうするんだと訊いてるんだが？」

宇垣の言葉尻に苛立ちが覗く。

瑛太はうつむいたまま、押し黙る。

宇垣は葉巻を嚙みしめた。葉巻が折れ、足元に落ちる。宇垣は火の点いた葉巻を踏みしめ、残った端を吐き出した。テーブルに葉巻の切れ端が転がった。

「どうすんだ、おら！」

テーブルを蹴飛ばす。

瑛太はびくりともしない。ゆっくりと顔を起こした。

「一つ、提案があるんですが」

「なんだ？」

「ちょっと早いんですが、宇垣さん。表に立ってくれませんか？」

瑛太が言った。

宇垣の眦がひきつった。

「宇垣さんには、事が片づいた後、裏稼業を仕切ってもらうつもりだったんですが、今のままではそのまま稲福が仕切りになってしまいます。あの奥園と話をつけて、裏稼業をすべて奪ったとなれば、稲福の格が上がっちまいます。そうなると面倒ですよ。あんなチンピラでも」

「だからって、なぜ俺が出なきゃならねえんだ……」

声が弱々しい。

明らかに怯えている。

宇垣は一度、啓三郎と俊士のカチコミに遭っている。二人の怖さを生身で知っている男だ。表に立って殺り合うとなれば、怯えるのも道理だろう。

小物だな……。

腹の奥で失笑する。が、今は宇垣に立ってもらわなければ、このまま俊士たちは逃げ切り、本当の堅気となってしまう。

それでは意味がない。

ヤクザはヤクザのまま、世間から疎まれ、肥溜めで死んでくれなければ。何一つ報われることなく、後悔のまま朽ち果ててくれなければ、積年の恨みは晴らせない。

「宇垣さん。何も、直接やり合おうというわけじゃありません。仮にそうなったとしても、宇垣さんの下に付けている連中は、元鬼神のメンバーの中でも最強の男ばかりです。体を張ってでも、宇垣さんの命は守らせますよ。それより、結局このまま、宇垣さんの名前が出ずに稲福やあの二人がいい目を見てしまうことの方が耐えられない」

「だったら、あいつらをぶつけりゃいいだけのことだろうよ。俺が出る必要は――」

「宇垣さん！」

言葉を遮った。

宇垣は思わず口を噤んだ。

「俺、悔しいんですよ」

「そりゃあ、おまえのところも奥園に潰されたんだからな」

「そうじゃなくて」

瑛太は上体を起こし、まっすぐ宇垣を見つめた。

「宇垣さんみたいな大物が、なぜくすぶってんのかと思うと、たまらなく悔しいんです」

「大物？」

「大物じゃねえですか、宇垣さんは」

臆面もなく言い切る。

「そりゃ、おまえ、買いかぶり過ぎだ」

と言いつつ、宇垣の頬が緩む。

瑛太は畳みかけた。

「宇垣さんがあのまま嵐仁会を継いでたら、どれほどデケえ組になってたか想像すると、震えが止まらないんですよ」

「なぜそこまで、俺を推すんだ？」

にやけつつも、訝しげな様子で目を細める。

騙し合いの中で生きているヤクザは常に疑心暗鬼だ。今は引退し、第一線を離れている宇垣とはいえ、そうした習性は抜けない。

ただ、瑛太はヤクザが欲してやまないものが何かも知っている。

虚栄心の充足だ。見栄が満たされれば満たされるほど自分を〝大物〟と思い込むようになり、大物らしく振る舞おうとし始める。

そうなれば、担ぎやすい神輿の出来上がりだ。

瑛太はテーブルに手を突いて、身を乗り出した。

「裏の世界に身を置いて短くない年月になりますが、あの奥園と美濃を敵に回して正面から戦ったのは、後にも先にも宇垣さん、あんたしかいない。俺でさえ、奥園一人にビビって何もできなかったのに、あんたは左目と左腕を失っても、あの二人と殺り合った。こんな伝説、ありますか？」

「伝説……か？」

「当時、最強の武闘派と言われた二人を相手にして生き残り、組を守るために自ら身を引いた男がいた。俺は、その話を聞いたとき、心の底から震えたんですよ。そんなすげえ人がいたのかと。で、そういう人なら、負け犬になり下がった俺に、もう一度、気合入れてくれるんじゃねえかと。会ってみて、一瞬で確信しました」

「何をだ？」

「俺の親父は、この人しかいねえって」

目を輝かせる。

宇垣の小鼻がひくひくしていた。自尊心をくすぐられ、歓喜が止まらない様子だ。

瑛太は最後のひと押しを加えた。

「もう一度、伝説を創りましょう、親父さん」

「本気か？」

「本気です。あんたが伝説を創って、もう一度のし上がるまで、俺はやめねえですよ。あんたみたいな人物がくすぶってちゃいけねえ。どこまでもついていきます。これから先、死ぬまでよろしくお願いします」

瑛太は両手をつき、深々と頭を下げた。

宇垣は込み上げる笑みを止められなかった。

あの鬼神の瑛太が自分を認め、部下にしてくれと頭を下げている。

すべてが本気でないことはわかっているが、それでも高揚は止められない。

「わかった。おまえがそこまで言うなら、表に出てやる。その代わり、しくじるんじゃねえぞ」

「当たり前です。ここから宇垣伝説の第二幕が始まるんですから。任せておいてください」

瑛太が言う。

宇垣は満足げに頷いた。

瑛太は腹の中でほくそ笑んだ。

7

瑛太は武井と共に奥美濃自動車の工場へ戻っていた。

「白石さん。さっき、ちらっと隣の部屋で聞いてましたが、本当に宇垣の下に付くんですか？」

ハンドルを握り、横目で瑛太を見る。

「そんなわけないだろう」

瑛太は鼻で笑った。

「だが、急がねえと、奥園が話をまとめちまう。そうなったら、あいつを殺る機会を失っちまう」

「堅気になったところを殺っちまえばいいじゃないですか」

「それじゃあ、意味がねえんだ。あいつをバラすだけならそれでいいが、俺たちが昔の恨みで堅気になったあいつを殺ったとなれば、あいつに付き従ってきた連中の目の敵にされる。それだと、裏稼業もできなくなるだろう？　あいつは過去の遺物に殺されて、俺たちは過去に因縁がありながらも奥園を守って戦った。背景が必要なんだよ。ワル共はそうした浪花節に弱《よえ》えからな。宇垣も稲福も、合法的に奥園を抹殺する道具だ」

「美濃は？」

「あの人に罪はねえが、仕方ねえよ」

「冷たいなあ、白石さんも」

苦笑する。

「何事にも犠牲はつきものだ」

瑛太はこともなげに言った。

「で、どうします?」

「まずは、裏稼業の手じまいを反故にさせなけりゃならないな」

瑛太はフロントガラスの先の闇に目を向けた。そして、おもむろに口を開いた。

「西野とかいう会計士をさらって、殺っちまえ」

「承知しました」

武井は深く頷いた。

第6章

1

俊士は、啓三郎とヒロを連れ、世田谷にある西野直紀の事務所に来ていた。

二十畳ほどのワンルームマンションで、机は一つ。あとは応接セットとスチールケースくらいしかない殺風景な事務所だ。

西野の隣に俊士がいる。ガラステーブルを挟んで対面に啓三郎とヒロが座っていた。

テーブルには敷地図が広げられていた。啓三郎の手元には会計資料もある。啓三郎は会計資料をテーブルに置き、顔を上げた。

「おい、西野。投資結果と購入予定地の件はわかった。だが、投資している志村《しむら》ってのがどんなヤツだかわからねえし、誰が土地建物を購入するんだよ」

西野に訊く。

「志村というのは、俺のビジネスパートナーです。個人で投資家をしているヤツなんですが、儲けの一パーセントを手数料で取ることで合意してます」

「大丈夫なのか？」

「まともとは言わないですが、所詮一般人ですから」

西野は笑った。

「で、志村に予定地を購入させ、花田《はなだ》という工場経営者に転売させます」

「花田ってのは？」

ヒロが訊く。

西野はヒロに顔を向けた。

「六十過ぎの町工場のオヤジです。俺が会計士になった頃からの客なんですが、工場経営が傾いて倒産寸前なんですよ」

「おいおい、そんなオヤジが、金持ってるわけがねえだろう」

啓三郎が呆れ顔で首を振る。

「数字と帳簿だけ操作します。実際に金が動くわけではありません」

「大丈夫か？」

俊士が言う。

「心配ないです。これもまた素人ですし、金に困っているから、こっちの言いなりです。万が一の時は、追い込むだけですから」

西野がうっすらと微笑む。

その笑顔を見たヒロは、軽く身震いをした。

西野は一見、涼しげな顔つきの好青年だった。とても、俊士の下にいた元本物とは思えなかったが、先ほど薄笑いを浮かべた時の西野の目は、獲物を見つけた時のハイエナのようだった。

横目で啓三郎を見る。啓三郎も、西野が覗かせた本性を認め、片笑みを覗かせていた。

「そして、花田は土地を買い取った後、自動車工場を設立し、同時に新会社を起ち上げます。その会社の取締役として、奥園さんと美濃さんに入ってもらいます。その後、花田は代表を退任し、奥園さんか美濃さんが代表取締役に就任する」

「なるほど、新会社にして乗っ取ってしまうということか」

俊士の言葉に、西野が頷く。

「これであれば、裏で稼いだ資金を迂回させ、合法的に元に戻すことができます。余剰金については、新会社に投資部門を設け、再び志村に運用させればいいだけです」

「すげーな……」

ヒロは話を聞き、しきりに感心した。

「どうだ、啓三郎？」

俊士は啓三郎に目を向けた。

「まあ、悪くねえがな」

腕組みをし、顔を起こす。

「西野。おまえの計画はわかったが、担保できるのか?」

西野を睨む。

「それは、俺を信じてもらうしかありません。ただ——」

西野が身を乗り出した。グッと啓三郎を見返す。

「俺は親を裏切るような真似はしませんし、俺が絵図を描いた以上、この命に代えてもやり遂げますよ」

啓三郎を見つめ続ける。啓三郎も視線を逸らさない。

ヒロは息を呑んだ。空気がひりつく。

やがて、啓三郎はふっと笑みを浮かべた。ソファーの背にもたれ、脚を組む。

「やっぱ、おまえんとこの兵隊は気合が違うな」

俊士を見て、目を細める。

「今は、ビジネスパートナーだ」

俊士が笑った。

一気に雰囲気が和らぐ。ヒロも深く息をついた。

「どうする?」

俊士は啓三郎に訊いた。

「わかった。これでいこう。西野、ヘタ打つんじゃねえぞ」

「美濃さんと奥園さんを敵に回したくはないですから」

西野は笑い、

「任せてください」

強く頷いた。

啓三郎が微笑む。

「ヒロもこれでいいな?」

「俊士さんと啓さんがいいって言うなら、文句ないですよ」

「よし。じゃあ、これからの段取りだが――」

俊士は三人に目を配りながら、話を続けた。

2

そらは食事の後、伊織と話し込んでいた。

この頃、伊織と話す機会が増えている。歳が近いせいもあるのだろう。伊織から呼び止められ、たわいもない会話に付き合うことも多かった。

あまり仲良くしていると、ヒロに怒られそうでヒヤヒヤするが、伊織と話しているのは楽しかった。

考えてみれば、生まれてこの方、女性と気兼ねなく話すなどということはなかった。

女性が嫌いなわけではない。むしろ、同年代と同じように恋もしたいし、結婚もしたい。

しかし、これまでは生きることだけに必死だった。

同年代の女性は、底辺で這いずっている男など見向きもしない。

たまに世話を焼いてくれる年上の女性はいたが、それは恋情ではなく、憐れみ。捨て犬を拾って可愛がるようなものだ。

そらは、それがたまらなく嫌だった。

対等でいたい。

学歴がなくても、収入がなくても、自分を一人の男として、若林そらとして見て付き合ってくれる異性を求めていた。

伊織は、そらが求めていた女性像に近かった。

年上で、時々意見をくれるが、それは決して押しつけではなく、伊織個人の考えとして話してくれる。

それは、とにもかくにも、そらを一人の同年代の男性として見てくれていることに他ならない。

二人で話していると、厨房から声がかかった。

「伊織ちゃん、もうみんな、食事は終わったかな？」

茂《しげる》が厨房から顔を出す。

「瑛太さんと武井さんがまだだけど、いつもこの時間には外で食べてるから、もう大丈夫だと思いますけど」

「じゃあ、上がるかな」

茂は小さく息をつき、背筋を伸ばした。

「たまには、シゲさんもどうですか？」

そらは声をかけた。

社交辞令のようなものだったが、茂とは一度、話してみたい気持ちもあった。

「そうね。いつも作ってばかりだから、たまには一杯やるのもいいんじゃないですか」

伊織も乗る。

「そうかい？　じゃあ、ちょっとお邪魔するかな」

茂は目を細めた。冷蔵庫から瓶ビールを二本取り、ぼちぼちと歩いてくる。

そらの差し向かい、伊織の隣に座った。

「ああ、ビールだけじゃ、味気ないな」

「私が何か作ってきます」

伊織が席を立つ。

「僕がやりますよ」

そらは腰を浮かせた。

「そら君はいいから」

伊織は微笑み、厨房へ入った。

そらは茂の手から瓶ビールを受け取り、栓を抜き、酌をした。そのまま自分のコップに手酌する。

「今日もお疲れさまでした」

「はいはい、お疲れさん」

グラスを合わせる。

茂は小さな口をもぐもぐとさせ、冷えたビールをうまそうに流し込んだ。半分ほど飲んで、息を継ぐ。

　そらも少しだけ飲んで、口を離した。

「仕事はどうだい？」

「楽しいです。俊士さんにも話したんですけど、近いうちに整備工の資格でも取ろうかと思うようになりました」

「それはいい」

　茂が目を細める。小さな目の尻には、深い皺が刻まれる。その容貌はまさに好々爺だ。

「シゲさん、おいくつなんですか？」

「わたしは七十になったところだよ」

「古希ですか。おめでとうございます」

「たいして、めでたくもないがね」

　茂は苦笑し、ビールを含む。

「そういえば、シゲさんのフルネームを聞いたことがないんですけど。伺ってもよろしいですか？」

「ああ、そうだね。名前は日野原《ひのはら》茂。お日様の日に、野っ原の野原に、草かんむりの茂だよ」

「日野原茂さんか」

そらは頷いた。なんとなくイメージしていた名前と合致する。

「日野原さん」

「シゲでいいよ」

「シゲさん、前はコックさんか何かだったんですか？」

素直に訊く。

と、料理を持ってきた伊織がそらを睨んだ。

「こら。人のことは詮索しない」

「すみません……」

そらは肩を竦め、小さくなった。

茂が笑う。

「いいんだよ。伊織ちゃんも座りなさい」

伊織を見上げる。

伊織はテーブルに皿を置いた。小皿を三人分取り、それぞれの手前に置く。そらは、箸を取り、伊織と茂に渡した。

伊織が作ったのは、ニラ玉とモヤシ炒めだった。そらは取り箸をつけ、伊織と茂に取り分け、自分の分も小皿に取った。

口に含む。塩と胡椒だけの味付けだが、ほどよく油が染みていておいしかった。

「どうですか？」

伊織が茂を見る。

「うん、おいしいね。少しだけ、オイスターソースを垂らすともっとおいしくなる。なければ、醤油でもいい」

「ああ、そうだった。いつもシゲさん、炒め物にはどっちか入れてるもんね」

伊織は自分で作った料理を口に運び、味を確かめた。

そらがコップにビールを注ぎ、差し出す。

「ありがとう」

伊織がグラスを取り、改めて乾杯した。

ひと息つくと、茂が話し始めた。

「わたしは昔、一流ホテルのコックだったんだよ」

「そうだったんですか。どうりで何を作ってもおいしいはずだ」

そらが言う。

「こだわりもハンパないですもんね」

伊織は顔をほころばせ、ビールを含んだ。

「ここは大衆食堂のような場所だから、もっと気軽で量が多いものをと思うんだけどね。凝り出すとつい」

苦笑いを覗かせる。

「中学を卒業してすぐコックの修業を始めてね。海外にも行ったよ。修業時代はつらいこともあったが、自分が望んで入った世界。我慢もできた。そして、腕を上げて、四十歳の時、一流ホテルの料理長に就任した。今思えば、その頃が最も充実していた時期かもしれない」

コップを握って、遠くを見つめる。

「三年後、贔屓のお客さんに自分の店を出さないかと誘われたんだ。自分の店を持つというのは料理人の夢だからね。そのお客さんも信頼に値する人だと思った。しかし、わたしも当時は舞い上がっていたんだろうね。人を見る目がなかった」

目を伏せ、ビールをちびりと含む。

「一年も経たないうちに、オーナーだったその人と衝突するようになった。食材の選定やメニューにまで口を挟んできたからね。今考えれば、オーナーとしては当然の意見を言っていたまでのような気もするが、当時のわたしは一流ホテルの料理長を務めたという自負があって、店作りに口を出されるのは我慢ならなかった。ある日、閉店後にオーナーと激しい言い争いになってね。オーナーは激怒して、厨房にあったナイフを取ってきて、わたしに向けた。揉み合っているうちに、そのナイフがオーナーの腹に刺さってしまってね……」

「怪我をさせてしまったんですか？」

そらが訊く。

茂は首を横に振った。

「死んでしまった」

静かに言う。

そらと伊織は言葉を失い、茂を見つめた。

「それから七年間、刑務所に入った。わたしのキャリアはそこで終わったというわけだ」

茂が顔を上げる。微笑んでいた。が、その笑みは切ない。

「未熟だったでは済まされない過ちだ。仮にも人一人の命を奪ってしまったわけだからね。それだけじゃない。店もなくなり、わたしについてきてくれたコックや従業員の仕事も奪ってしまった。わたしのいき過ぎた主張で、いろんな人の人生を狂わせてしまった」

茂はビールを飲み干した。伊織が瓶を取って、空のコップにビールを注ぐ。

茂は注がれたビールを一口含み、喉に流すと、そらと伊織を交互に見つめた。

「そら君、伊織ちゃん。君たちはこれから、いろんな理不尽に出くわすと思う。今までも世間の無情を浴びてきただろうけど、もっともっと、自分の思いだけではどうにもならない場面に遭遇するだろう。そして、自分を主張したくなると思う。だけど、叫び怒鳴りたくなった時は、一度立ち止まって、深呼吸してほしい。本当にそこで我《が》を通さなければならないのか。相手が本当に屁理屈しか言っていないのか。吟味してほしい。その上で自分が間違っていないと思えば、冷静に反論して、結論を出してほしい」

「そんなに冷静になれるものですか？」

そらが口を開く。

「僕には自信がありません……」

「そら君」

茂は微笑んだ。

「そういう時は、信頼できる人に相談するんだよ」

「信頼できる人……」

「そう。わたしには当時、そういう人がいなかった。自分がすべてだと思い、何もかも自分で背負わなければならないと思い込んでいた。副料理長や親交のあったコックに一言相談していれば、ああいう事態にはなっていなかったと、今でも思う」

「でも、僕にもそういう人はいませんよ」

「いるじゃないか」

茂は伊織を見た。

「私……？」

伊織もキョトンとする。茂は深く頷いた。

「ここに来て三年になるが、伊織ちゃんがこんなにも気さくに話している姿を見たことがない」

「言われてみれば、そうですね」

伊織は天井に目を向け、小さく二、三度頷いた。

「歳が近いせいもあるが、それだけではないだろう？」

茂が訊く。

「そうですね……」

伊織は少し思考し、そらに目を向けた。

「そら君は、あまり私の周りにはいなかったタイプだな」

「どんなタイプなんですか？」

そらが訊いた。

「一見、普通の人」

伊織がすぐに答える。

そらは心の中でうなだれた。普通という言葉は、裏を返せば、どこにでもいるということだ。

この頃、親しく話していただけに、少しは意識してくれているのかなと期待もしていた。しかし、あっさりその期待は砕かれた。

そらは胸中のため息を隠し、笑顔を作った。

「暴力には縁がなさそうだし、自分がと前に出るわけでもなくて、そこにいるという感じの人だね」

「そんなに影薄いですか……」

笑みが強張る。

「でも、陰がある」

伊織がまっすぐそらを見つめた。

「普通の人が持っていない陰があるんだな。そこがなんだか放っておけない」

そう言い、にっこりと笑った。

そらは頬が熱くなるのを感じた。

あまりいいことを言われているわけではないような気もするが、それでも、放っておけないという言葉が胸の奥に染みた。

茂は目を細め、うんうんと頷いた。

「出会う人は出会うべくして出会う。いい人も嫌な人も。その中から、自分が信頼できる人をたった一人でいいから見つける。わたしにはそれができなかった。そら君も、伊織ちゃんも、そういう人を見つけたら、生涯大事にしてほしい」

茂が言う。

そらは深く首肯した。

いきなり、食堂のドアが開いた。

「あら、武井さん」

伊織が言う。

顔を出したのは、武井だった。

武井はそらたちの席まで小走りで駆け寄った。

「武井君、食事はまだか？」

茂が訊く。

「いえ、食事は大丈夫です。俊士さんや啓さんは？」

「そういえば、まだ帰ってきてないね。夕方出ていったきりですよ」

伊織が答える。

「そうか……」

「急ぎ？　だったら、兄さんも一緒だから、連絡してみるけど」

「いや、いいよ」

武井はそう言うと、足早に食堂を出た。

「何かあったんですかね」

そらが呟く。

「さあ……。私も武井さんたちがしている仕事については、あまり知らないから」

伊織が言う。

「それにしても、瑛太さんとか武井さんって、いつもきれいな格好をしてますよね」

「そら君は、営業がしたいのか？」

茂が訊く。

「いや、僕は人前が苦手なので。けど、あんなふうにパリッとスーツを着る姿には憧れます。髑髏《どくろ》のタイピンとかカフスもカッコいいし」

「そら君なら似合うかもよ。今度、着てみたら？」

伊織が微笑む。

「いやあ、たぶんスーツに着られて終わりです」

「そうかな。見てみたいな、一度。ねえ、シゲさん」

「そうだな」

茂も笑みを覗かせる。

そらは照れくさくなり、ビールを呷った。

3

車に戻った武井は、運転席に乗り込んだ。助手席には瑛太がいる。

「奥園たちはまだ帰っていませんでした」

「まだ、西野の事務所にいるということか」

「おそらく。すみません。下の者が目を離した隙に動向を追えなくて……」

武井が小さくなる。

「まあいい」

「どうします？　事務所を張って、西野が一人になったところを襲いますか？」

「いや、待て。奥園が西野のところで何を話したのかが気になる。どのみち、俺にも話があるはずだから、それを聞いてからにしよう。今日はもう休んでいいぞ。他の連中にもそう伝えろ」

「わかりました」

武井は車を出て、スマートフォンを取り出した。仲間に連絡を入れる。

「さて、どうするかな……」

瑛太は、フロントガラス越しに闇を見据えた。


翌日の未明に瑛太は俊士に呼び出され、食堂に赴いた。啓三郎やヒロもいる。

「本当ですか！」

瑛太は目を丸くした。

「ああ。ついにおれたちもカタギだ」

ヒロが頰を上気させる。

俊士は、西野も含め、四人で決めてきたことを瑛太に話して聞かせていた。

裏稼業を手じまいする話は知っていたが、瑛太はそらとぼけ、驚いたふりを続けた。

「おまえらが殺っちまった城内というヤツの件も、イナカンと話をつけてきた。おまえたちにはつらい仕事をさせたな。これからはもう、そんな思いはさせない」

俊士が言う。

「ありがとうございます」

瑛太は太腿に手を突き、深々と頭を下げた。

「西野というのは、どういうヤツです？」

瑛太が訊く。

「昔の俺の子分だ。今度、おまえにも会わせるよ」

俊士が言う。

「そうですか……」

瑛太は渋い表情を見せた。

「おまえも疑り深《ぶけ》えヤツだな」

啓三郎が笑う。

「つい、習慣で。すみません」

「いいってことよ。オレも疑ったが、会ってみると悪いヤツじゃなかった。目がまっすぐだ。間違いねえよ」

「啓さんがそこまで言うなら、私も信じます」

瑛太は微笑んだ。

「とりあえず、二ヶ月はこの稼業を続けるつもりだったが、手じまいは早い方がいいということになってな。今請け負っている仕事を終えたら、裏からは一切手を引く」

俊士が言った。

「ということは、シンハから請け負っている仕事が最後ということですか？」

「そうなるな。他の客には、うちが手じまいして、その後の仕事は双実商事に移譲するということを伝えろ」

「いいんですか、商売敵に、しかもイナカンに仕事を譲っても」

「その条件で、おまえらのこともまとめてきたんだ。それにもう、俺たちは裏から撤退する。あいつらがどうであろうが、関係のないことだ」

「俊士さんがそれでいいならいいですが」

「納得いかないか？」

「あまりに急な話で、びっくりしてしまいまして。すみません」

「いや、黙っていた俺も悪かった。もう少し、後始末の苦労をかけるが、よろしく頼む」

俊士が頭を下げる。

「やめてください。わかりました。私たちもそのつもりで動きます。任せておいてください」

瑛太は笑顔を作り、深く頷いた。

4

翌日、瑛太は武井と営業に回っていた。

俊士に言われた通り、シンハ以外の顧客には、一ヶ月後、自分たちの仕事を稲福に譲り渡すことを伝えた。

顧客は一様に驚きを隠さなかった。

裏の世界に通ずる者で、奥園俊士と美濃啓三郎の名前を知らない者はいない。

周りの現役よりもヤクザらしいヤクザだった二人が揃ってカタギになるという話は、にわかに信じがたい。しかし、瑛太からその事実を告げられると、納得するしかない様子だった。

二人は駐車場に車を停め、遅い昼食を摂っていた。

「しかし、奥園や美濃の名声というか、悪名はすごいですね。誰もカタギになるなんて話を信じやしない」

武井は当てこするような言葉を吐き、弁当の白飯を口に放り込んだ。

「で、どうするか決めたんですか？　俺はいつでも西野を殺れと言われれば殺れますが」

食べながら、訊く。

「ちょっと仕込むことにした」

「仕込むとは？」

武井は口の中のものを茶で流した。

「美濃が思いのほか、西野を信頼している。敵対していたとはいえ、奥園とは嵐仁会に殴り込んだ戦友みたいなものだからな。俺たちが食い込めない部分はある」

「いいじゃないですか。二人とも一気に殺っちまえば」

「それでは意味がない。俺たちが裏切り者になるからな。そこでだ――」

瑛太は声を潜めた。

ぼそぼそと武井に何かを話す。武井は顔を寄せ、黙って聞いていた。

「――ということにする」

瑛太は顔を起こし、手に持っていたパンをかじった。

「白石さんも、本当にワルですね」

武井がほくそ笑む。

「そのタイミングで、おまえは西野を殺れ。そうすれば、自ずと美濃と奥園はぶつかるだろうよ」

瑛太は片笑みを浮かべた。

「承知しました」

武井は弁当を食べ終え、割り箸を握り、真っ二つに折った。

5

西野の事務所で俊士たちが話し合いを行なってから、一週間が経っていた。

その日、啓三郎は瑛太に呼び出され、千葉市内へ来ていた。瑛太たちの行きつけだというスナックに出向く。

まだ午後五時を回ったところ。周囲の店は開店準備に追われている。

啓三郎は、指定された店のドアを開けた。

「すみません、呼び出して」

奥にいた瑛太が立ち上がり、頭を下げた。脇にいた武井も深々と腰を折る。

啓三郎は店内の人気《ひとけ》を探りつつ、奥へ進んだ。瑛太と武井以外の気配は感じない。

武井は店のドアの鍵を閉じた。

「おい、なんで閉めるんだ？」

「内密な話なもので」

武井が言う。

「啓さん、こちらへ」

瑛太が奥の席を指す。

啓三郎は訝りながらも、瑛太が示すソファーに腰を下ろした。

「どういう店なんだ、ここは？」

啓三郎は店内を見回した。

「鬼神時代の仲間がやっている店です。車の売買の交渉や内密な話は、いつもここでやってます」

「そうか。で、話ってのは？」

啓三郎が切り出す。

「啓さん、ウイスキーでいいですか？」

武井がカウンターから声をかけた。

「なんでもいい」

答え、瑛太に目を向ける。

「啓さん、俊士さんには何と言ってきたんですか？」

瑛太が訊いた。

「おまえに言われた通り、昔のダチに会うと言ってきた。俊士に隠さなきゃならないことか？」

啓三郎が話を進めようとする。

武井がウイスキーのロックを持ってきた。啓三郎の前に置く。啓三郎はグラスを取り、半分ほど飲んだ。

「西野の件なんですが……」

「まだ調べてたのか。ヤツの件は、こないだの話でカタが付いただろう」

啓三郎がウイスキーを飲み干す。武井はグラスを取って、ウイスキーを注いだ。

「そうなんですけど、一度調べ始めたものは、納得いくまで調べたいタチでして。私も俊士さんの元子分で、啓さんやヒロが認めたのなら問題ないと思っていたんですが……」

瑛太が眉根を寄せる。

重い空気を察し、啓三郎の表情も険しくなる。

瑛太は口を噤んだまま、押し黙った。

啓三郎が苛立ちをあらわにする。

「早く話せ」

「……信じたくはないんですが」

瑛太は顔を上げ、啓三郎をまっすぐ見つめた。

「西野がイナカンの事務所に出入りしていました」

「イナカンの？」

啓三郎が片眉を上げる。

「どういうことだ」

「どうやら、双実商事の会計も務めていたようです」

瑛太が言う。

啓三郎はソファーの背にもたれ、息をついた。

「そりゃあよ。敵方の会計を請け負っていたというのは気に入らねえが、西野も元はヤクザだ。裏の仕事をしている連中の会計を請け負っていたとしても問題ねえだろう」

「私もそれはそう思ったんですが、その筋から辿っていったら、とんでもない事実をつかんじまったんです」

瑛太は武井を見た。

武井は頷き、もう一つグラスを用意した。カウンターに置いてあったバーボンを取り、グラスに注ぎ、瑛太に手渡す。

瑛太はバーボンを一気に干し、大きく息を吐いて、啓三郎を見やった。

「双実のオーナーがわかりました」

「誰だ？」

「元嵐仁会会長代行、宇垣誠」

瑛太が言う。

啓三郎の眉間に皺が立った。脚を解き、身を乗り出す。

「ほんとか、そりゃあ！」

「間違いありません。しかも、宇垣が経営している双実の母体にあたる青嵐《せいらん》興業という会社の会計を引き受けているのが西野です」

「てめえ、本当に調べたのか？」

「これを見てください」

脇に置いていたカバンからクリアファイルを取り出す。A4の用紙が五枚ほど入っていた。

啓三郎はファイルをひったくり、プリントされた用紙を見た。目尻がみるみる吊り上がる。

ファイルには、青嵐興業との取引実態や宇垣と共にいる西野の写真があった。

「本物か、これは……」

「私もウソであればと目を疑いました……」

瑛太はバーボンをおかわりし、もう一度飲み干した。

「本物なら、許せねえな」

啓三郎が見ていた用紙を握り潰す。

「啓さん、ちょっと確認したいんですが」

「なんだ？」

「先日、西野のところで話し合いをしていた時、ヤツから双実の会計を請け負っているという話はありましたか？」

「いや……」

「俊士さんからも、そうした話は聞いていませんか？」

「聞いていない。俊士も騙されているんじゃねえのか？」

ウイスキーを干す。武井はグラスに入れようとした。啓三郎はそのボトルをひったくり、ラッパ飲みを始めた。

「おかしくないですか？　青嵐興業のことは聞いていないにしても、私や啓さんたちにはわからないよう、西野と会っていたんです。双実の話ぐらいは聞いていると考えた方が自然だと思いますけど」

瑛太はさらに畳みかける。

「手じまいの話も、西野が双実と絡んでいるからこそ、簡単にイナカンと話をつけられたんじゃないですか？」

身を乗り出し、啓三郎に詰め寄る。

啓三郎はボトルを握ったまま、ソファーにもたれた。いきなり飲んだせいか、体が異様に重い。

「啓さん、大丈夫ですか？」

瑛太が心配そうに顔を覗き込む。

「大丈夫だ」

体を起こそうとするが、起きられない。思考が朦朧とし、瞼も重くなる。啓三郎は顔を横に大きく振った。

「どうします？」

瑛太が訊く。

「オレが西野に問い質す」

何度も体を起こそうとするが、ダルマのように上体が揺らぐ。

「この際、俊士さんと一度、きっちり話した方がいいんじゃないですか？」

「いや……宇垣が絡んでいるかをまずハッキリさせたい。……ヤツがイナカンを投入して揺き回しているなら……元はオレとの因縁だからな。その時は……西野も……宇垣もぶち……殺す」

呂律が回らない。

啓三郎は立ち上がろうとした。が、膝が折れ、ソファーに突っ伏した。手に持っていたボトルが床に落ち、ウイスキーが流れ出る。

啓三郎はそのまま動かなくなった。

瑛太はにやりとした。

武井は啓三郎の体を仰向けに起こした。完全に眠っている。

「あっさり、効きましたね」

武井はウイスキーのボトルを拾った。

「元武闘派なんていっても、こんなものだ」

鼻で笑い、バーボンを含む。

武井がスマートフォンを出した。電話番号をタップする。

「いいぞ」

短く命令し、電話を切る。

まもなく鍵が開き、ドアが開いた。複数の男が入ってくる。一人は大きな段ボール箱を持っていた。

すぐさま組み立て、台車に載せる。他の男たちが眠り込んだ啓三郎を抱え、箱に入れた。

瑛太は作業を見ながら、スマートフォンを手に取った。番号をタップし、耳に当てる。

「──宇垣さんですか。白石です。今晩から動きますから、よろしく」

瑛太は宙を見据え、片笑みを浮かべた。

6

西野は仕事を終え、事務所を出ようとした。

と、ベルが鳴った。

午後九時を回ったところ。

「誰だ……？」

警戒しつつ、インターフォンの受話器を取る。

「どちらさまでしょう？」

──奥美濃自動車の武井と言います。俊士さんから頼まれたものがあって、届けにまいりました。

「奥園さんから？」

訝しげにモニターを見る。スーツを着た男が一人、立っているだけだった。

西野は受話器を置いた。気配を探りながら、ドアの鍵を開ける。ゆっくりとドアを開く。

「夜分にすみません、西野さん」

武井は黒縁眼鏡を指で持ち上げ、笑顔を向けた。

「奥園さんから、何を？」

「ちょっとした書類なんですが」

武井はカバンに手を入れた。

西野が武井の手元を見やる。

「これなんですけど」

武井は手を抜き出した。

一瞬、武井の手元が光った。西野の体が瞬時に臨戦態勢に入る。

武井は手に持ったものを突き出した。切っ先が肉にめり込む感触を覚えた。

「地獄への切符だ」

武井がほくそ笑む。

が、次の瞬間、武井は髪の毛をつかまれた。西野が後ろへ大きく下がる。同時に、武井を引き倒す。

　武井は大きく前にのめり、床に突っ伏した。したたかに顔を打ちつける。鼻梁が折れ、血がしぶいた。

　西野は武井を跨ぎ、ドア口へ向かおうとした。しかし、武井に左脚をつかまれた。

　西野はすかさず、右足で武井の顔を踏みつけた。

　ドア口に気配を感じた。

　武井の手が緩んだ隙に、後ろへ飛び下がる。

　ドアから五人の男たちがなだれ込んできた。武井は仲間の影を認め、ゆっくりと起き上がった。

　鼻下の血を手の甲で拭う。

「さすがにナイフ一本じゃ、てめえは無理か」

　西野を睨み据えた。

「ガキの玩具じゃ、俺は殺れねえよ」

　西野は右手を左手のひらに重ねた。

　ナイフは左手のひらを貫いていた。武井がナイフを抜いた瞬間、とっさに手のひらで切っ先を受け止めたからだ。

西野はナイフを抜き取った。

「てめえら、誰に喧嘩売ったか、わかってるんだろうな?」

「元奥園組の西野直紀さんでしょう?」

「わかってんなら、覚悟しろよ」

西野は血にまみれたナイフを握り直した。

第7章

1

西野は、武井たちを睥睨しながら、じりじりと部屋の奥へ下がった。

左手をスラックスのポケットに入れ、ハンカチを取り出し、傷を負った手のひらに巻く。その間も武井たちから目を逸らさない。

武井を含む六人の男は横に広がり、ドア口への動線を断って、間合いを詰めていく。男たちの手にはナイフが握られていた。

息が詰まりそうな殺気が室内に充満する。

西野はハンカチを巻いた左手とナイフを握った右手を握り締めた。

西野の腰がデスクの端に触れた。一瞬、後退が止まる。

空気が揺れた。

怒号と共に、武井の右隣にいた男が突っ込んできた。瞬時に距離を詰め、切っ先を突き出す。

西野は左斜めに踏み出た。素早く右足を引き半身になる。切っ先が腹部を掠め、残像を抉る。

西野は男と入れ違うと同時に、ナイフを水平にして、振った。刃が男の喉元を掻き切った。

男が短い悲鳴を上げた。刃は肉を裂き、頸動脈を断ち切った。

水道管が破裂したように、おびただしい血が一気にしぶいた。

男は片膝を落とした。両手で首筋を押さえる。しかし、血は止まらない。指の間からマグマのように溢れ出る。

西野はすぐさま振り返った。男の後頭部に右前蹴りを叩き込む。男の顔がデスクのふちにめり込んだ。

男は脱力し、デスクの下に突っ伏した。たちまち床に血の海が広がる。

背後で影が動いた。素早く顔を左右に振り、肩越しに影を視認する。

左右から同時に攻めてきていた。

西野は前に飛んだ。着地すると同時に振り返る。二人の男がナイフを胸元に立て、突っ込んでくる。

西野はデスクに置いていたペン立てをつかんだ。向かって左の男に投げつける。男の足が一瞬止まった。

向かって右手の男がナイフを突き出した。

西野は左拳を外に振り、男の手首を弾いた。男の手からナイフが飛んだ。右腕が開き、胸元があらわになる。

そこにナイフを突き刺した。

切っ先が胸元を抉る。男は双眸を見開いた。西野はナイフを深く刺し、ひねって抜いた。

胸元から血がしぶいた。鮮血が西野の顔を染める。西野は男の襟首をつかみ、引き寄せ、二度、三度と胸元にナイフを突き入れた。

男の背中がその都度跳ねる。

西野はナイフを刺したまま、左側にいた男に向け、刺した男を突き飛ばした。

息も絶え絶えの男は簡単に後方へ吹っ飛んだ。左から迫っていた男は、刺された男を抱き、仰向けに倒れた。

西野は男に駆け寄り、思いっきり顔を踏みつけた。

男の鼻梁が歪んだ。前歯が砕け、口から血塊を噴き出す。

西野は右腕を振り上げ、切っ先を下に向けた。そのまま片膝を落とし、ナイフを振り下ろす。

先端は男の右眼を貫いた。ナイフを引き抜く。すかさず、男の喉に刃を当て、喉笛を掻き切った。

男が左眼をカッと開いた。息ができなくなった男の胸板が大きく弾む。息を詰めるたびに、口からは血の泡が溢れた。

しゃがんだ西野の脇に擦り寄った男が蹴りを放った。

西野は後方に回転し、鼻先でかわした。すぐさま上体を起こし、片膝を突いて敵を見やる。

男は目の前に迫っていた。ナイフを握った右手を振り下ろしてくる。

西野は腕をクロスさせ、男の右腕を受け止めた。瞬時に袖をつかみ、膝を支点に反転しながら男の腕を引いた。

男の体がふわりと浮いた。宙で半回転し、落ちてくる。腰がデスクの角にめり込んだ。

男の体が反り返る。

弾かれた男が床に崩れ落ちた。

西野は膝立ちで男の脇に動いた。ナイフを握った右手をつかみ、肘の内側を殴る。男の肘が内側に折れた。そのまま、男の喉に切っ先を突き入れる。

男は両眼を開き、喀血した。

残った男がナイフを投げた。気配を感じ、左横に転がる。ナイフは残像を掠めてデスクに当たり、金属音を放って宙を舞った。

西野は足元に転がっていたボールペンを握った。振り返りざま、立ち上がる。男が右回し蹴りを放った。

西野は男の懐に入り、太腿の内側をボールペンで刺した。

悲鳴が上がった。男は右腿を押さえ、よろけた。

西野は男の髪の毛をつかんだ。そのまま座り込み、顔面を床に叩きつける。

鈍い音がした。鼻頭がひしゃげ、鮮血が噴き出す。西野はそのまま何度も何度も男の顔を床に叩きつけた。

骨を打つ音が響き、血が四散する。男は意識を失った。それでも西野は顔を叩きつけ続けた。

飛び散る血が西野のスーツを紅く染める。

手を離す。男はぐったりと床に伏せた。

西野はやおら立ち上がった。血にまみれた相貌を武井に向ける。

武井は震慄《しんりつ》した。

この眼だ……。

奥園組の事務所に連れていかれた時のことが鮮明によみがえった。

当時の武井は、死を恐れていなかった。

死を覚悟していたわけではない。実感がなかっただけだ。瑛太は怖い存在ではあったが、サシで戦えば負ける気はしなかった。腕っぷしにも肉体の強靭さにも自信があった。

いつしか、武井は誰も自分を殺せないと思うようになっていた。

しかし、そんなうぬぼれは奥園組に拉致監禁された時、一瞬にして消え去った。

彼らの強さは別次元だった。

殴り合えば勝てる。が、とてもそんな気にはなれない。

彼らのまとっていた殺気は人間のものではない。血と肉に飢えた猛獣のそれだった。

凄むわけではない。冷めているわけでもない。ただ獲物をじっと見据え、食らう時を待つ、静かな眼だった。

見たことのない眼光だった。睨まれただけで身が竦んだ。

暴行を受けている間、何度か応戦しようと気力を振り絞った。けれど、体が動かない。一発返した後、死ぬよりも苦しい艱難が待っているような気がした。

自分がどうされるのか、想像もつかない。

本物の殺気を目の当たりにし、武井は震えが止まらなくなった。

涙を流し、失禁もした。

情けなかった。

だが、自分ではどうしようもないほどの恐怖が神経の末端にまで巡り、心身を硬直させた。

初めて、〝死〟を実感した。

その一件で鬼神が解散して以降、武井は暴力の世界から身を退いた。

二度と、死に直面するような場面には出くわしたくない。自分の力量を知り、堅気で生きようと思っていた。

そんなある日、瑛太が武井の前に現われた。

俊士に復讐をしようと言う。

最初は断わった。

奥園組は解散したと噂に聞いていた。しかし、たとえ堅気になっても、対峙しただけで動けなくなるような殺気をまとった連中が簡単に変われるわけがない。

俊士を始め、元奥園組の連中にも元鬼神の仲間にさえも一切関わりたくなかった。

が、瑛太はしつこく、武井を誘ってきた。その頃働いていた職場にも、かつての鬼神の仲間を連れて、顔を出すようになった。

瑛太の執念深さは、鬼神のナンバー2として瑛太の下に付いていた武井自身が最もよく知っている。

武井は渋々、闇の世界に戻った。

奥美濃自動車で俊士と再会した時は、震えが止まらなかった。

が、半年、一年と過ごしていくうちに、俊士が奥園組の組長に君臨していた頃の殺気はなくなっているような気がした。

一方で、武井は奥美濃自動車の裏の仕事を一手に引き受け、殺しもいとわないほどの仕事振りを見せた。

殺しに手を染めると、武井の闘争心は次第に形を変えていった。

俊士たちにやられた時の甘さが消え、本物の殺気をまとうようになってきた。すれ違う者は、武井の凄みに恐れおののき、道をあけるようにもなった。

あの頃、心を折られた俊士たちの狂気を体得した気がした。

再び怖いものがなくなっていく。鬼神にいた当時とは違う本物の自負が日に日に大きくなっていく。

そのうち、瑛太の狙い通り、俊士たちにあの日の復讐ができるのではないかと思うようになった。

だが……。

西野と対峙してみて、それもまた思い上がりであったことを今、思い知らされている。

西野は五人もの敵をあっさりと葬った。

いざ、戦闘に入った瞬間、堅気の顔は鳴りを潜め、血肉を貪る猛獣と化した。

何一つ躊躇《ためら》うことなく、武井の仲間を次々と殺していった。息の根を止めるまで、何度も刺し、何度も顔面を床に叩きつけた。

穏やかで涼しげな殺気を漂わせながら……。

物が違う。

西野の中にあるのは、自らが会得した残虐性や凶暴さではない。獣の遺伝子だ。

彼らにとって、殺しは暴力ではなく、本能だ。ＤＮＡに刻み込まれた闘争本能の質がまるで違っていた。

武井の目尻がかすかに痙攣した。生え際には脂汗が滲む。口が乾く。肉食獣の草原に放り出されたような死の臭いを感じ、息が苦しくなる。

武井は拳を何度も握り込み、震えだしそうな体を必死に抑えた。

「武井だったか？」

西野が口を開いた。

武井の双肩がびくっと跳ねる。

「こいつらを処分して、すべてを話せば、助けてやらないこともない」

西野は床に倒れた屍にぐるりと視線を巡らせ、再び武井に目を据えた。

武井のこめかみに汗が伝った。

どうする……。

話せば許してもらえるだろうか。いや、俊士が許すとは思えない。たとえ生きながらえたとしても、一生、瑛太や元鬼神のメンバーたちから狙われることになる。

殺るしかないのか……。

勝てる気がしない。しかし、逃げ出しても結果は同じだ。

武井は顔を伏せた。奥歯を嚙みしめ、両の拳を爪が食い込むほど強く握る。腕が震える。

固く目を閉じ、湧き上がる恐怖を抑え込む。

勝てる。昔の俺とは違う。

胸中に言葉を投げかけ、自分を鼓舞する。全身に震えが来た。その震えがスーッと止まっていく。

武井はゆっくり目を開いた。足元を見据え、顔を上げる。視線を西野に向けた。

西野は両手を後ろに組み、武井を眺めていた。

「素手で勝負しろ」

武井が言う。

「てめえも元武闘派で鳴らしたなら、俺と殴り合ってみろ。それとも、武器がねえと勝てねえか？」

「何？」

武井は煽った。

西野は笑い声を立てた。

「何がおかしい！」

「いや、面白いヤツだなと思ってな」

ひとしきり笑うと、西野は左手を出し、顔の前に立てた。

「なんだ、それは？」

「おまえごとき、この傷ついた左手一つで十分だ」

人差し指を立て、くいくいと動かす。

武井の眉間に縦皺が立った。奥歯をぎりりと嚙みしめる。

「バカにしやがって……。後悔しても知らねえぞ」

「御託はいいから、さっさとかかってこい」

西野は笑みをひっこめ、武井を見据えた。

武井は拳を握り直した。西野を睨む。

半身に構えた西野の立ち姿は細く、隙がない。頭の中で戦いのシミュレーションを組み立てる。どう攻めても柳のようにかわされそうだ。

「どうした？　ビビったか？」

西野が鼻で笑った。

武井は拳を固めた。

出たとこ勝負！

地を蹴った。両腕を顔の前に立て、前傾姿勢で突っ込む。渾身の力で右ストレートを放った。

西野は体勢を低くし、武井の懐に飛び込んだ。左拳の甲で武井の右腕の内側を弾く。

武井はすぐさま腰をひねり、左アッパーを打とうとした。

瞬間、喉に異物が飛び込んだ。

武井の動きが止まった。

「て……てめえ……」

黒目を動かし、喉元を見る。

西野の手にはナイフが握られていた。切っ先が喉を貫いている。

「きたねえぞ……」

掠れた声を絞り出し、西野の襟首をつかむ。

「おいおい、俺たちは殺し合いをしてるんだぞ。汚いもクソもないだろうが。戦闘中に敵から目を離すおまえが悪い。己の甘さを恥じて――」

西野はナイフをさらに深く突き入れた。

「死ね」

刃を回転させる。

武井の双眸が開いた。口から血泡が噴き出す。鮮血が西野の顔に降りかかる。

武井は襟首を握り締め、震えた。西野を睨みつける。

まもなく、武井の眼光が消えた。同時に襟首を握っていた手の力が緩み、西野の足元に崩れ落ちた。

西野は絶命した武井を見据え、ポケットからスマートフォンを取り出した。

俊士の番号を表示し、発信ボタンを押す。

「――もしもし、西野です」

2

瑛太は双実商事の事務所にいた。向かいには宇垣と稲福が顔を揃えている。

「おい、白石。連絡、遅えじゃねえか。まさか、西野一人殺れなかったというわけじゃねえだろうな」

　宇垣は葉巻を嚙み、紫煙の向こうから瑛太を見据えた。

「こっちは武井を含めて精鋭六人で乗り込んでるんですよ。西野が元奥園組の組員とはいえ、現役を離れて何年にもなります。裏の現場で実働している武井たちが負けるわけがありません」

　瑛太は微笑みを返した。

　しかし、一抹の不安はあった。

　武井たちが西野の事務所を襲うと連絡を入れてきて、もう三十分以上経っている。西野が手練れであったとしても、時間がかかり過ぎだ。

　元奥園組の連中の怖さは、瑛太自身、身に染みて知っている。

　万が一がないとは言い切れない。

「白石……」

　稲福が口を開いた。

　瑛太は稲福に顔を向けた。

「もし、武井たちが殺られたとしたら、おまえの描いた絵図は使えなくなっちまう。その時はどうするんだ？」

　率直に疑問を口にした。

「その時は――」

　瑛太は稲福を見据えた。

「奥美濃自動車を一気に襲います」

　語気を強める。

　稲福と宇垣の顔が強張った。

「奥園と全面戦争しようってのか？」

　宇垣が言う。

「それしかないですね」

「おいおい、白石。それじゃあ、話が違う。俺は奥園と美濃が潰し合うと聞いたから、おまえの話に乗っただけだ。戦争になったとしても、うちの兵隊は出さねえぞ」

「俺のところもだ。何もしなきゃ、奥園たちが築いたルートが手に入るんだ。無駄な血を流すのはごめんだぞ」

　稲福が続く。

　瑛太はため息をつき、うつむいた。やおら、顔を起こす。

「宇垣さん、稲福さん。もう、事態は動き出してんだ。今さら退けねえよ」

「それはてめえらの話だろうが。勝手に——」

　宇垣が言いかけた時、瑛太はテーブルを両手で思い切り叩いた。

　宇垣と稲福がびくりと跳ねる。

　瑛太は身を乗り出し、目を剝いた。

「あんたら、極道でしょうが！　素人相手にビビってんじゃねえ！」

　怒鳴りつける。

　二人はばつの悪そうな顔をして、互いを見つめた。

「宇垣さん。こないだも言ったでしょう。俺はあんたに懸けたんだ。未来の大親分が、素人相手に芋を引いてどうすんだ！」

「芋を引くだと……？」

　宇垣が気色ばむ。

「そうでしょうが。いくら相手が強えとわかっていても、肚を決めるときは決める。それが上に立つモンの度量じゃねえんですか！」

　瑛太は声を荒らげた。

　わざとだった。

二人が俊士と啓三郎を恐れていることは重々承知している。特に、宇垣は一度、本人たちと対峙し、こてんぱんにやられている。どうしようもなく怖いだろうと察する。

しかし、ここで宇垣たちに退かれるのも困る。

俊士と啓三郎をぶつけるのが一番だが、そうできなかったとしても、宇垣と稲福の兵隊を使って数で圧倒すれば、勝機はある。

「てめえ……言いてえこと言うじゃねえか」

「宇垣さんに立ってほしいからですよ。本物はあんたしかいねえから」

トーンを和らげた。

宇垣の口元に笑みが滲む。

「わかった。万が一の時は、うちの兵隊を出そうじゃねえか。稲福、その時はてめえんとこの兵隊も出せ」

「宇垣さん……」

稲福が眉尻を下げ、困惑した表情を浮かべた。

「その代わり——」

宇垣は咥えていた葉巻を灰皿で揉み消した。身を乗り出し、瑛太を見据える。

「うちの兵隊を任せるんだ。絶対に奥園と美濃の首を取れ。しくじったら、てめえの命はねえぞ」

「宇垣さんを担いだ時から、覚悟は決めています。任せてください。あの二人の首は、必ず献上しますから」

瑛太は片笑みを浮かべた。

3

俊士はヒロやそらと共に食堂で食事を摂っていた。

「啓さんは、どうしたんです？」

ヒロが訊いた。

「昔のダチに会うと言って出かけたよ」

俊士が答える。

「昔のダチって、極道仲間ですかね？」

「さあな」

「いいんですか？　昔の仲間に会わせても」

「あいつが昔に戻るとでも思っているのか？」

「そういうわけじゃないですけど……」

ヒロが言葉を濁す。

「心配ない。あいつはもうカタギだ。少々荒っぽい素人ではあるがな」

俊士が笑い、そらに顔を向けた。

「そら、こないだ整備士になりたいと言っていたが、肚は決めたか？」

「はい。がんばって、一級を取ろうと思っています」

「そうか」

俊士は微笑み、深く頷いた。

「どこか、専門学校にでも行くのか？」

ヒロが訊く。

「いえ。働きながらでも取れるんです。だから、ここで働きながらキャリアを積んで、ゆっくり取ろうかと。そもそも学校に通う金がありませんから」

そらが苦笑する。

「出してやってもいいんだぞ」

俊士が言った。

「ただし、卒業後はうちに戻ってくるという条件で」

「ありがたい話ですけど、今回は自分の裁量ですべてやってみたいんです」

そらは目を伏せた。

「これまでも誰の援助もなく生きてきたけど、ただ目的もなく、自分の境遇をひがんで生きるだけでした。でも、俊士さんたちと出会って、目標ができた。ただ生きるだけの人生を終わりにしたい。だから、これだけは僕の力で完遂したいんです」

照れくさそうにはにかむ。

「私もそれがいいと思う」

伊織が食事を運んできた。

今日は魚の煮つけだった。料理店のようにきれいに盛り付けている。甘辛い醬油の香りが胃袋をくすぐった。

「私もね。調理師免許を取ろうと思ってるの」

「おまえ、料理人になるのか？」

ヒロが目を丸くする。

「そんな大げさなものじゃないんだけど。シゲさんとここで料理を作って出してて、みんながおいしそうに食べてる顔を見てたら、こういう食堂をやってみるのもいいかなと思って」

「そうか。でも、調理師も学校に通わなきゃならんな」

俊士が言う。

「シゲさんがいい学校を知ってるの。お金の問題もあるから、いくつか紹介してもらって、自分に釣り合う学校に行こうかなと思ってます。自分のことだから」

伊織は笑顔を見せた。

「みんな、それぞれ歩き出すんだな」

俊士は感慨深く頷いた。

「ちょうどよかった。実はな——」

俊士が裏の仕事から撤退することを話そうとした時、スマートフォンが鳴った。ポケットから出し、画面を見る。西野からだった。

「ちょっとすまん」

俊士は席を立ち、食堂の端へ歩いた。電話に出る。

「もしもし、俺だ。どうした？」

俊士の話す姿を三人はなんとなく眺めていた。

「……なんだと？」

俊士の表情が変わった。笑みが消え、眼光が鋭くなる。

ヒロの顔も険しくなった。

そらは不意に変わった空気に戸惑った。

「そら君」

伊織が声をかける。そらは伊織を見やった。

「冷めないうちに、どうぞ」

膳を目で指した。

「ありがとう」

そらは笑みを作った。俊士に背を向け、箸を取った。

「わかった。おまえはそこで待ってろ」

俊士が電話を切った。

「ヒロ」

俊士が呼ぶ。

ヒロは席を立ち、俊士の元に駆け寄った。身を寄せ、何やらぼそぼそと話している。

そらは二人の方を見た。ヒロは目を見開いて俊士を見つめた。強く首を縦に振り、ヒロが戻ってくる。俊士はそのまま食堂を出た。

「ヒロさん。何かあったんですか？」

そらは訊いた。訊かずにはいられなかった。

「なんでもねえ」

「なんでもないという顔じゃないですけど」

「なんでもねえって」

無理に表情を和らげようとするが、眉間の縦皺は取れない。

「兄さん。よくない事なら話しといてくれない?」

伊織が言う。

ヒロはテーブルに片肘をつけ、脚を組んだ。

「今、話せることはねえが——」

そう言い、伊織とそらを見やる。

「おまえら、今日からしばらく、おれがいいと言うまでシゲさんの部屋に泊めてもらえ」

「どうしてです?」

そらが訊く。

「いいから、そうしてくれ。そら、さっさと食っちまえ。伊織、おまえもさっさと片づけを済ませてシゲさんと一緒に上がれ」

「……わかった」

伊織は背を向けた。

ヒロは伊織が厨房に戻ったことを確認し、口を開いた。

「そら、おまえを男と見込んで頼みがある」

「なんですか？」

そらは箸を止めた。

「万が一だが、面倒なことが起こって、おれがいない時は、おまえが伊織を守ってくれ」

ヒロはまっすぐそらを見つめた。

何があったのかはわからない。が、ヒロが普段言い出さないようなことを口にするのは、それ相応の理由があるのだろう。

「わかりました」

「頼むぞ」

ヒロは短く念を押し、食事を始めた。

そらは箸を進めたが、これまでにはない重い空気を感じ、食べた物が喉を通らなかった。

4

啓三郎は眼を開いた。

真っ暗だった。

頭がガンガンする。体も重い。

身を起こそうとした。が、手足が動かない。何かで拘束されている。足を伸ばそうとしたが、すぐさま何かが当たった。

なんだ……？

啓三郎は動きを止めた。窮屈な箱に押し込められているようだ。爪先で突く。軟らかい。

啓三郎は段ボール箱とみた。

耳を澄ました。何やら、話し声が聞こえる。

「はい……はい。わかりました」

若い男の声だ。電話で話しているようだった。まもなく、スマホの画面をタップする音が聞こえた。電話を切ったようだ。

「何だったんだ？」

別の男の声が聞こえた。

「武井さんから連絡がないらしい」

電話をしていたらしき男が言う。

武井？

ぼんやりとしていた思考が戻ってくる。

瑛太と武井に呼び出され、彼らの仲間が営んでいるというスナックに入り、酒を飲んだ。その後、意識を失った。

さん付けするところからみると、いるのは武井の後輩か。

啓三郎は様子を探った。かすかにガソリンの臭いがする。車の中のようだ。

「まさか、武井さんが殺られたんじゃ……」

もう一人の男が言った。

殺られた？　誰にだ。宇垣にやられたというのか？

瑛太たちの話を思い出しつつ、思考を巡らせる。

「そんなわけねえよ。相手は一人だ。いくら元奥園組とはいえ、武井さん含めて六人で襲ってるんだぞ。勝てるわけねえ」

電話をしていた男が言う。

元奥園組？　西野のことか？

啓三郎の頭が冴えてくる。

「ただ、万が一の場合はこいつを殺れだと」

電話の男が言った。

こいつ？　オレのことか？

啓三郎は眉尻を上げた。

「ちょっと見てこいということなんで、俺、行ってくるわ」

「これ、どうするんだ？」

「大丈夫。まだ、しばらくは薬が効いて寝ているはずだ。もし目が覚めたところで、拘束してるから動けねえ。戻ってくるまで、見張っててくれ」

「ああ、わかった」

別の男が言う。

まもなく、スライドドアの開く音がした。

ワゴンか。

啓三郎は、意識を失う前からの状況と若い男たちの話を組み合わせてみた。

薬が効いて眠っていると言っていた。つまり、啓三郎に薬を盛った者がいるということだ。

意識を失ったのは、瑛太の仲間の店。そこで酒を出したのは武井。武井が勝手な真似をするはずがない。

ということは——。

瑛太がオレを嵌めたってのか。

啓三郎のこめかみに血管が浮いた。

「あのクソガキ……」

啓三郎は足を引き寄せた。小さく丸まり、合わせた膝を振って、狭い箱の中で身を起こした。

頭で段ボールをガンガン叩いた。しつこく音を立てる。シートの方で人の動く音がした。

啓三郎は段ボールを叩き続けた。

上蓋が開いた。うっすらと明かりが入ってくる。その明かりに影が被った。

啓三郎はそのタイミングで立ち上がった。

頭頂部に硬いものがぶつかった。短い悲鳴が上がる。若い男がシートを倒したスペースに仰向けに転がっていた。

箱の中を覗こうとした瞬間、顔面に啓三郎の頭突きを食らったのだ。

啓三郎は段ボールごと倒れ、若い男の上にのしかかった。体で男の上体を押さえ、頭を振り上げる。

そして、顔面に額を打ち込んだ。

男の鼻梁が折れ、血が噴き出した。二度、三度、四度……間髪を容れず頭突きを叩きこむ。

男の前歯が砕けた。鼻頭は顔にめり込んでいる。啓三郎を振り落とそうにも、段ボールが腕の代わりに体を押さえていて、動けない。

男は数多の頭突きを食らい、意識を失った。

車内にいたのは、この若い男一人だけだ。もう一人の男は出ている。

啓三郎は段ボール箱から這い出た。箱を蹴って後方へ飛ばし、身を起こして男の体を上から下に見やる。右ポケットが膨らんでいる。

尻をすり寄せ、ポケットに手を入れまさぐる。金属の棒があった。指先で形状を確認する。飛び出しナイフだった。

啓三郎はナイフを取り出し、ストッパーを外した。刃が飛び出る。足元を見る。男たちが拘束に使っていたのはプラスチックカフだった。

啓三郎は両手首の間に刃を入れ、指を動かし、擦った。刃の食い込む感触が指先に伝わる。まもなく、手首の錠が切れた。

足首のプラスチックカフも切る。四肢が自由になった。

啓三郎はナイフを手にしたまま、男の胸元に馬乗りになった。両脚で男の両二の腕を押さえ、動けなくする。

「おい、起きろ」

啓三郎は左手で往復ビンタを食らわせた。

「起きろ、こら」

何度も何度もビンタを食らわす。顔が左右に触れるたび、口から血が飛散した。

男が意識を取り戻した。うっすらと目を開ける。が、啓三郎の顔を認めた途端、双眸を見開き、蒼白になった。

「小僧。これはいったいどういうことなのか、話してもらおうか」

啓三郎は片笑みを浮かべ、ナイフの尖端を男の喉元に突き付けた。

第8章

1

瑛太はじりじりしながら、武井からの報告を待っていた。宇垣は苛立った様子で葉巻を吸っている。稲福は貧乏ゆすりが止まらなかった。

啓三郎を拉致した仲間に様子を見に行かせた。それからさらに十分以上が経っている。さすがに瑛太にも余裕がなくなってきた。

テーブルに置いた瑛太のスマートフォンが鳴った。三人が顔を上げ、視線を合わせる。

瑛太は頷き、電話に出た。

「もしもし――」

――白石さん！

仲間の男だった。声が震えている。動揺が隠せない。

瑛太の眉間に皺が寄った。宇垣と稲福の眼差しも険しくなる。

「武井は？」

――全員、殺られていました。

「そうか……」

瑛太は固く目を閉じた。

宇垣と稲福の顔が多少蒼ざめた。

双眸を開き、テーブルを見据える。

「わかった。おまえたちは、監禁している美濃を殺って、奥美濃自動車の工場へ向かえ。これから工場を破壊する。そこに美濃の屍を放り込め」

――わかりました。

男は電話を切った。

瑛太は息を吐き、顔を上げた。

「白石、どうなったんだ？」

宇垣が訊いた。

「殺られちまいました、うちの精鋭」

「武井もか？」

稲福が訊く。

瑛太は片笑みを浮かべ、ため息交じりに頷いた。稲福が蒼白になる。

「西野が生き残ったってえのか！　じゃあ、奥園に知れるじゃねえか。ぶっこんでくるぞ、あいつ！」

稲福はおろおろとして、腰を浮かせた。

「落ち着けよ、イナカン」

瑛太はぞんざいに口を利いた。ソファーに深くもたれ、脚を組む。

「おたおたするんじゃねえよ、みっともねえブタだな」

「なんだと！」

稲福が怒鳴る。

瑛太は涼しい顔で流した。

「俺に粋がる気概があるなら、奥園一人にビビってんじゃねえ」

静かに睨む。

稲福は俊士の名を聞くと再び眉尻を下げ、落ち着かない様子で何度も何度も手の指を組み替えた。

瑛太は宇垣に顔を向けた。

「宇垣さん、早く兵隊を用意してください。ここで一気にカタ付けてしまいましょう」

「てめえ……最初から、そのつもりだったのか？」

宇垣が右目だけを大きく開き、瑛太を睨みつけた。

「これも想定内ですよ」

「何が想定内だ。てめえ、初めから俺と稲福を担いで、奥園と美濃にぶつけるつもりだったんだろうが」

「だったら、どうだってんだ？」

瑛太は顎を上げ、冷ややかな目つきで宇垣を見返した。

「つまらねえ絵を描きやがって。てめえの手駒じゃねえぞ、こら。付き合いきれねえな。俺は抜ける。うちの兵隊もあきらめろ」

宇垣が立ち上がった。

瑛太はテーブルを蹴った。角が宇垣の脛を打つ。宇垣は顔をしかめ、腰を折った。

「てめえ、殺すぞ！」

「やってみろ」

瑛太は脇に置いたバッグに手を差し込んだ。中の物をつかみ出す。

宇垣と稲福は目を見開いた。みるみる色を失う。

瑛太は自動拳銃を握っていた。

「今ここで俺に殺られるのがいいか。奥園たちを始末して、三人仲良く天下を取る方がいいか。どっちだ？」

　左手でスライドを擦らす。重い金属音が響き、弾が装填される。

　瑛太は宇垣に銃口を向け、ソファーに戻るよう銃口を振った。

　宇垣は渋々、ソファーに戻った。

「宇垣さん。兵隊を呼んで、ここを固めてくれませんか？　早くしねえと、奥園が西野と連れだって乗り込んでくるかもしれません。うちの精鋭を皆殺しにするようなヤツと奥園が乗り込んでくるんです。半端な人数じゃ、俺らみんな、首取られますよ」

　瑛太は笑った。不測の事態をどこか楽しんでいるようでもある。

　宇垣は仕方なく、スーツの内ポケットからスマートフォンを出した。部下に連絡を入れる。

「もしもし、俺だ。うちの者を全員集めて、双実に連れてこい。全員だ！　早くしろ！」

　宇垣は怒鳴った。電話を切り、瑛太を見据える。

「奥園を片づけたら、次はてめえだ」

「上等です」

　瑛太は不敵に微笑んだ。

2

西野は事務所近くの公園のトイレに身を隠していた。

俊士は、西野から聞いたトイレを覗いた。

「西野、俺だ」

声をかける。

最奥のドアがコンコンと鳴った。俊士は個室のドアを開いた。血まみれの西野が中にいた。

「すみません、奥園さん。わざわざ来てもらって」

「いいんだよ。俺の方こそ、迷惑かけちまったな」

俊士は手に持っていた布袋を差し出した。

「濡らしたタオルと着替えが入ってる。顔と体を拭いて着替えろ」

「ありがとうございます」

西野は受け取り、ドアを閉じた。ごそごそと音がする。

「外で待ってるぞ」

「はい」

西野が返事をした。

俊士はトイレを出て、出入口から見えるベンチに腰を下ろした。ジャンパーのポケットに両手を突っ込み、夜空を見上げる。

星一つない、どんよりとした曇り空だ。今の自分の気持ちを映しているようだった。

五分後、西野が出てきた。ジーンズとジャンパーというラフな格好だ。顔に付いていた血糊もきれいに取れていた。

西野は俊士を認め、駆け寄ってきた。

「これ、どうしますか?」

「工場に持って帰って焼却するよ」

受け取り、脇に置く。

西野は俊士の隣に座った。

「何があった?」

俊士が訊いた。

「奥園さんのところの武井というのが訪ねてきて、ドアを開けたら、いきなり襲われました。誰の命令か、聞いてやろうと思ったんですが、みんな殺っちまったんで、聞けずじまいです。すみません」

「助かっただけでいい」

俊士が言う。

「武井ってのは、本当に奥園さんのところの人間ですか？」

「ああ、瑛太と共に裏の仕事をしてくれていた」

「瑛太って、鬼神の白石瑛太ですか？」

西野が訊く。俊士は頷いた。

「だったら、命令したのは白石ですね。昔、鬼神を潰したでしょう。その恨みです」

「今さらか？」

「恨み辛《つら》みに今さらも何もないですよ。やった方は忘れても、やられた方は死ぬまで覚えているものです。信じたいのはわかりますけどね。しかし、それなら合点がいく」

「何がだ？」

「何か、命令したヤツの手掛かりはないかと思って、倒した連中のスマホや携帯を探ったんですよ。その通話履歴に、双実とか稲福の名前がありました」

西野が言う。

「武井のスマホにもか？」

俊士が訊く。西野は目を見て、首肯した。

「つるんでたんじゃないですかね、稲福と白石が。そう考えると、突然、稲福が奥園さんたちの縄張りを荒らしだした理由も納得がいきます。奥園さんから商売敵が稲福だと聞いて、おかしいなとは思ってたんですよ。あいつにそんな根性はないですし。けど、内部の者が裏で糸を引いているなら、稲福が強気に出てきてもおかしくない。それが昔、奥園さんに潰された鬼神の頭ならなおさらです。二人共、奥園組には相当の恨みを持つ連中ですからね」

西野が語る。

俊士は信じたくなかった。が、西野の論理はいちいちもっともだった。

「過去からは逃げられないということか……」

俊士は再び、天を見上げた。

「六人も殺っちまいましたからね。ついでに、稲福と白石の命、殺《と》ってきましょうか？」

西野が双眸をぎらつかせる。

「いや、これ以上、おまえに迷惑はかけられない。これは俺の因縁だ。俺が片づけるしかない」

「一人で大丈夫ですか？」

「一人でカタ付けなきゃならない話だ。西野、頼みがあるんだが」

「なんなりと」

西野が俊士を見つめる。

「うちの工場に行ってくれるか？　武井が殺られたと知れば、瑛太はうちの工場を破壊しようとするかもしれない。万が一、そうなった時には止めてくれ。あそこはもう、俺だけの居場所じゃないんだ。ヒロや新入りのそらもいる。シゲさんや伊織、啓三郎にとっても大事な場所だ」

「美濃さんには連絡入れますか？」

「いや、事が片づいてからでいい。あいつが知れば、必ずイナカンと瑛太を殺しに行くからな。それは困る。俺がいなくなった後、工場を任せられるのはあいつしかいない。啓三郎が戻ってきたら、伝えてくれ。俺の後を頼むと」

俊士がベンチを立った。

「道具、いりますか？」

「いらないよ。相手はイナカンだ。もっと妙なのが出てきても、たいした話じゃない。知ってるだろう？　俺の本気は」

俊士は微笑んだ。

西野は目を伏せ、ふっと笑みをこぼした。

「久しぶりに見たかったなあ、キレキレの奥園さんを」

「おまえはもうカタギだ。そんなものを懐かしがるな。これを頼む」

俊士は、西野の血まみれのスーツが入った布袋を西野に放ってよこした。

西野が受け取る。

「事務所でのことも、すべて俺が引き受ける。ヒロと口裏を合わせて、おまえはうちの工場にいたことにしておけ」

「いいんですか、それで？」

「そうしてほしい。で、計画通り、新天地にカタギの工場を造ってくれ。俺の夢、おまえやヒロや啓三郎に託す。頼んだぞ」

俊士は笑顔を見せ、西野に背を向けた。

歩き出す。

薄闇の中に稲福と瑛太の顔が浮かぶ。

俊士の顔から笑みが消えた。

同時に、俊士の双眸に凄まじい怒気が宿った。

3

西野の事務所に様子を見に行っていた瑛太の部下は、急いで車に戻った。

停車中の車を認め、駆け寄る。左のスライドドアが開いていた。

「何やってんだ」

男は開いたドアに駆け寄った。

「おい、なんで開けてんだ！」

車内を覗き込む。

ふっと影が動いた。男の体が一瞬硬直した。次の瞬間、左肩口に異物が飛び込んできた。

男は顔をしかめた。とっさに左肩口を押さえる。異物は、肩口を押さえた右前腕にも飛び込んできた。

男は短い悲鳴を放った。

いきなり、髪の毛をつかまれた。中へ引きずり込まれる。ドアが閉じた。

うつぶせになった男は顔をねじり、気配がする方を見やった。

途端、色を失った。

「小僧。オレを的にかけるとは、いい度胸してやがんな」

啓三郎は片笑みを浮かべた。ナイフを振り上げ、右太腿に突き刺す。

男は相貌を歪めた。

啓三郎は、背中に跨いで乗り、男の両足首をプラスチックカフで拘束した。今度は尻に乗り、男の両腕をねじ上げ、後ろ手に両手首を拘束する。

男はあまりに急な衝撃で混乱し、抗うことができなかった。

啓三郎はさらに、両手足を拘束した手錠の真ん中にもう一本のプラスチックカフを通し、縛った。

両手と両足がくっつき、背が仰け反る。男は完全に動けなくなった。気がつくと、仲間も同じように縛られ、後部スペースに転がされていた。

血まみれで横たわり、ぐったりとしている。動く気配はない。

啓三郎は男の視線に気づき、口を開いた。

「てめえが戻ってくるまでに、いろいろ教えてもらおうと思ったんだけどよ。ちょっと遊んでやったら、気を失いやがった。根性なさすぎて物も言えねえ」

啓三郎はため息をついてみせた。

「殺したのか……？」

「まだ息はあるが、これだけ血を吐いてりゃ、そうもたねえだろうな」

脚で先に倒した男の脇腹を蹴る。男は一瞬呻きを漏らし顔を上げたが、すぐにぐったりと顔を伏せた。

「苦しそうだな。オレに人をいたぶる趣味はねえんだ。かわいそうだから、楽にしてやろう」

「やめろ……」

男がつぶやく。

啓三郎は無視して、先に倒した男の髪の毛をつかんだ。後ろに引き、顎を上げさせる。そして、喉笛に刃を押し当てた。

「やめろ」

男がもがきながら言った。

啓三郎は虫の息の男を見据え、うっすらと笑みを浮かべた。

「やめろ！」

男が叫んだ。

啓三郎は躊躇せず、ナイフを引いた。

男の両眼が見開いた。血がしぶく。啓三郎は顔に血を浴びた。まもなく、男の目から光が消えた。

髪の毛から手を離す。男の頭が傾いた。焦点を失った視線が宙に漂う。男の顔の周りに血の海が広がった。

もう一人の男は蒼白になった。恐怖が腹の底から湧いてきて、唇が震え、歯がカチカチと鳴った。

「楽になったようだな。よかったよかった」

啓三郎が振り向いた。血まみれの両眼を剝き、笑みを浮かべたまま、男を見つめる。

男はあまりの恐ろしさに失禁した。全身の震えが止まらない。

「オレの拉致を命じたのは、瑛太か?」

啓三郎が訊いた。

男は声を出せず、何度も頷いた。

「なぜ、わざわざオレを嵌めた?」

啓三郎が訊く。

男は押し黙った。

啓三郎は男の右腿を左手で握った。親指を、刺した傷に差し入れる。そして、傷口をぐりぐりと捏ねた。

「ぎゃっ!」

男はたまらず叫んだ。顔が歪み、脂汗が浮かぶ。

「早く言わねえと、腱を切って、一生歩けねえようにするぞ。大変だぞ、歩けねえってのは」

「に……西野殺しをあんたに被せるためだ！」

男は叫んだ。

啓三郎は指を抜き、男の服の裾で血を拭った。

「なんだ、そりゃ？」

「あんたが奥園の元子分の西野を殺せば、奥園はあんたを許さねえだろう。そうすりゃ、あんたと奥園がぶつかる。そうなれば、どっちかは潰れる」

「片方を潰して、もう片方を自分らで殺ろうって算段か？」

「そうだ！」

男が言った。

啓三郎は深くため息をついた。

「ナメられたもんだなあ、オレも俊士も。それで宇垣の名前を出して、オレを煽ったのか。つまんねえ絵図を描きやがって」

啓三郎は、腹立ちまぎれに男の腕を刺した。男は歯を食いしばった。

「宇垣が絡んでるというのはガセか？」

刃先をねじ込む。男の髪の生え際から玉のような脂汗が滴った。

「ほ……本当だ！」

「双実のオーナーが宇垣という話は？」

「それも本当だ」

「つまり、瑛太がオレたちを潰すために、イナカンと宇垣を担ぎ出したということか？　それとも、宇垣が稲福と瑛太を操っているということか？」

「白石さんがすべて整えたんだよ。奥園に鬼神を潰された恨みがあるからな」

「なんだ。ガキの遊びを潰された恨みで、宇垣まで引っ張り出して、オレらを殺ろうとしたのか。やってられねえなあ。もう少しで、ほんとのカタギになるところだったのによ」

啓三郎は男の腕を何度も何度も刺した。

「やめろ！　やめてください……」

男が涙声になる。

「瑛太はどこにいる？」

「双実の事務所です。宇垣さんや稲福さんと一緒にいます」

「そうか。てめえらを連れて帰ってやるよ。双実の事務所まで」

啓三郎はナイフを抜いた。グリップを握り締める。

「屍でな」

首に突き入れた。

男の双眸が見開いた。そのまま首を掻き切る。頸動脈が断裂し、鮮血がシャワーのように噴き出した。車窓が赤く染まる。

男はまもなく絶命した。

啓三郎はナイフを男の背に突き立てた。運転席に移動する。

「待ってろよ、クソども」

フロントガラスの先を睨みつけ、エンジンをかけた。

4

ヒロは、奥美濃自動車の敷地内をパトロールして回っていた。

久しぶりに総毛立ちそうなほど、気が張っていた。

車を盗むときの緊迫感とは違う。気を抜けば、物陰に潜む大蛇に暗闇に引きずり込まれそうな……そんなひりひりとする緊張感だった。

俊士から話を聞かされた時は、驚きよりも案の定といった感情が湧いた。

ヒロがまだ夜遊びに呆けていた頃、一度だけ、鬼神のメンバーと争ったことがある。

負けはしなかったが、その後、何度となく付きまとわれた。

遊び感覚で人間を物のように壊すくせに、プライドだけは高く、自分たちが負けると執拗に追い立て、相手に負けを認めさせようとする。

一人で敵わないとなると、徒党を組んで押しかけてくるからたちが悪い。

あまりのしつこさに辟易していた頃、突然、鬼神の連中が顔を見せなくなった。

当時は、鬼神が解散したとだけしか聞いていなかったが、後に、奥園組に潰されたことを知った。

俊士と出会い、奥美濃自動車に身を置くようになって少し経った時、俊士が瑛太と武井を連れてきた。

ヒロは瑛太が鬼神のリーダーだったと知り、危惧していた。

鬼神のしつこさは知っている。俊士がヤクザをやめたとはいえ、圧倒的な力で潰され、恥をかかされたことは忘れていないはずだ。

瑛太や武井は、俊士の強さと生き様に心服したと口を揃えたが、ヒロは懐疑的だった。

が、半年、一年と経つうちに、疑心も薄れ、二人を仲間と思うようにもなってきていた。

しかし、やはり連中は鬼神だった。どこまでもチンピラ根性の抜けない連中だった。

多少落胆はしたものの、敵とわかれば容赦はしない。むしろ、瑛太や武井と会った頃からくすぶっていた疑念が払拭され、すがすがしい気分だった。

ヒロが工場の近くへ来た時、工場内からカタッと音がした。

ヒロは片眉を上げた。LEDの懐中電灯に明かりを灯し、工場内へ入る。フロアを照らし、少しずつ歩を進める。

右斜め奥で影が動いた。

「誰だ！」

ヒロは走った。逃げる足音がする。

置きっぱなしの工具を飛び越え、何者かの影を追っていた時、突然、目に閃光が飛び込んだ。ボッという音と共に火柱が上がる。

「くそったれが！」

ヒロはライトをポケットに突っ込み、工場の隅へ走った。

消火器がある。すぐさま手に取り、火の手の上がった場所へ戻った。ピンを引き抜き、レバーを握る。消火剤が勢いよく噴き出す。白煙が炎を吹き飛ばす。

火が消え、工場内が再び闇に包まれる。ヒロは息を吐き、腰を起こした。

その時、背後に気配を感じた。

ヒロは振り向こうとした。目の端が向かってくる何かを捉える。反射的に背を丸めた。肩口に何かがめり込んだ。衝撃が骨に響く。

ヒロは前方に飛び、一回転した。膝立ちして振り返る。

黒い影が迫る。何者かが手にした棒を振り上げている。ヒロは握ったままの消火器を頭上に掲げた。

金属音が轟いた。消火器のボディーが鉄パイプを受け止める。

「てめえ、瑛太の仲間か……」

ヒロは下から男を睨み上げた。男は啓三郎の下で車の解体をしていた工員だった。

「瑛太の息がかかった連中は何人いる?」

「あんたが知る必要はない。どのみち、ここは破壊される」

再び、男が鉄パイプを振り上げる。

ヒロは消火器を男の膝めがけ、振り下ろした。

硬い消火器の底部が男の膝を砕く。男は短い悲鳴を放ち、片膝を落とした。ヒロはすかさず、消火器のグリップを握り、振り上げた。

ボディーが男の顎を捉えた。男の顎が跳ね上がった。口から鮮血をしぶかせ、後方へ飛び、背中から落ちる。男は息を詰めた。

立ち上がる。複数の影がヒロを囲んでいる。

一人の男が再度、工場に火を放った。オイルに引火し、一気に燃えさかる。複数の影は手に手にパイプを持ち、ヒロににじり寄る。一、二、三……。炎に浮かび上がる男たちの数を数える。五人いた。

「てめえら、全員、元鬼神か？」

ヒロは、倒した男が手にしていた鉄パイプを拾った。

男たちは答えない。殺気立った目をヒロに向けるだけだ。

「そうか……。なら、吐かせるだけだ」

ヒロは鉄パイプを握り締めた。

真ん中にいた男がパイプを振り上げ、迫ってきた。ヒロはパイプの先端を下げたまま、体勢を低くして男に突っ込んだ。

男が一瞬、立ち止まる。男の腹部ががら空きだった。

ヒロは足を止め、パイプを振った。男が腰を引く。が、避けられない。パイプが男の左脇腹にめり込む。男は身を捩り、手に持ったパイプを落とした。

振ったパイプをもう一度水平に振ろうとする。右手から別の男が迫っていた。振り上げたパイプを下ろし、ヒロの頭部を狙う。ヒロは逆手でパイプを振り上げ、男のパイプを払った。

金属音が響いた。男の手から弾かれたパイプが宙を舞う。

ヒロはパイプの先端を男の懐に突き入れた。男は目を剝き、腹を押さえて後退した。左側から二人の男が迫ってきた。同時にヒロの頭部にパイプを振り下ろす。

ヒロは前方に飛び転がった。身を起こそうとする。もう一人、余っていた男のパイプが頭上に迫った。避けられない。とっさに顎を引いた。

頭蓋骨が痺れた。頭皮が裂け、血がしぶく。男が片笑みを滲ませた。

ヒロは頭頂で受け止めたパイプを左手で握った。血を被った左目を剝き、男を睨む。男の顔から笑みが消えた。

「こんなもんで、おれを殺れたと思うなよ」

パイプを引く。

男の上体が前のめりになった。ヒロは立ち上がりざま、右拳を固めた。突き出た男の顔面に叩き込む。相貌が歪んだ。潰れた鼻から血が噴き出した。

ヒロはパイプを引っ張り、もぎ取った。男は勢い、ヒロの足下に倒れた。ヒロは男の後頭部を踏みつけた。

前歯が折れ、口にたまった血糊と共にフロアに吐き出された。

残った二人のうちの一人がヒロに駆け寄った。ヒロはパイプを男に向かって投げた。男は一瞬怯み、鉄パイプを胸元から顔に向けて立てた。

ヒロは男との間合いを詰めた。思いきり腰をひねり、男の脇腹に強烈な右フックを叩き込む。男は呻き、身を捩った。髪の毛をつかみ、再び同じ場所を殴打する。男はレバーを抉られ、たまらず両膝を落とした。

その後ろから、残った一人が襲ってきた。ヒロの顔面めがけ、鉄パイプを横に振る。ヒロはダッキングした。パイプがヒロの髪の端を掠める。

ヒロは頽れた男の頭を突き飛ばした。男の上体が後方に倒れる。後ろから迫っていた男が一瞬足を止めた。その隙にヒロは頽れた男を飛び越え、後方の男の腹部に頭から突っ込んだ。男の体がくの字に折れた。腕を男の膝裏に巻きつけ、引く。タックルを浴びた男は真後ろに倒れ、背中と後頭部をしたたかに打ちつけた。手に持っていたパイプが飛び転がる。

ヒロは男に馬乗りになった。両脚で男の両腕を押さえつける。ケンジと呼ばれている工員だった。

「ケンジ。おまえもクソ瑛太の仲間だったとはな」

血にまみれた双眸を剝く。

炎に揺れるヒロの形相を目にし、ケンジは蒼ざめた。

「てめえらの仲間は何人いる？」

ケンジは押し黙った。

ヒロは右腕を振り上げた。固めた拳を振り下ろす。

鼻梁が歪んだ。

「何人いるんだ？」

再び、振り下ろす。

前歯が折れた。拳を振り上げる。粘る血が糸を引く。

「何人いる？」

拳を振り下ろそうとした。

炎が燃料用のガソリンタンクを包んだ。瞬間、タンクが爆発した。熱風がヒロを吹き飛ばす。ヒロは転がり、地に伏せた。

工場のトタン板は吹き飛び、外に火柱が噴き上がった。

5

茂の部屋にいたそらと伊織は、突然の爆発音に身を竦めた。

「何……？」

伊織が玄関に駆け寄る。そらと茂も続いた。

伊織がドアを開ける。

三人の目はすぐに工場の方へ向いた。トタンの屋根が吹き飛び、火の手が上がっていた。

「大変だ！」

そらはスニーカーを突っかけ、外へ飛び出した。

他の部屋からも見知った顔の仲間たちが飛び出してきていた。数人が工場へ走ろうとする。が、別の男たちは手に鉄パイプやバールを握り、いきなり工場へ向かう仲間たちに襲いかかった。

鉄パイプで殴られた仲間が弾かれ、よろけて、そらの足下に倒れた。安西だった。

「安西さん！　大丈夫ですか！」

抱き起こす。額が裂け、血が溢れていた。

「何なんだよ、あいつら……」

安西が顔を振り、頭を起こした。

坊主頭の男が襲ってきた。パイプを握っているのは、神戸だった。

そらと安西を睨み据え、鉄パイプを振り下ろす。

「危ねえ！」

安西はそらを突き飛ばした。

そらは地面に倒れた。鈍い音が聞こえた。神戸の振り下ろしたパイプが、安西の頭部にめり込んでいた。

「安西さん！」

そらは立ち上がった。駆け寄ろうとする。

「来るな！」

安西が怒鳴る。そらはビクッとして立ち止まった。

安西は神戸の鉄パイプを握り、立ち上がった。血にまみれた双眸で見据える。

「神戸、何の真似だ？」

「うるせえ。くたばれ」

神戸は安西を見返し、片笑みを浮かべた。

「神戸さん！　やめてください！」

そらが声を張る。

「うるせえな、ガキ！　次はてめえだ！」

神戸は安西の手からパイプを引き抜こうとした。が、安西はパイプを放さない。

「理由はわからねえが、マジだな、神戸。容赦しねえぞ」

安西の目に怒気が宿る。

「てめえなんかにやられるかよ」

神戸はパイプを放すと同時に、安西の顔面に右フックを放った。

安西は上体を沈めた。ダッキングでかわし、右拳を神戸の懐に叩き込む。

神戸が息を詰めた。が、安西の髪の毛をつかんで、体を起こさせる。頭を後ろに振ると、頭突きを顔面に叩き込んだ。

安西の鼻梁がひしゃげた。鼻孔からシャワーのように血が噴き出す。

神戸は何度も何度も安西に頭突きを入れる。

「やめてください！」

そらが駆け寄ろうとする。

安西が神戸の頭をつかんだ。血まみれの顔を起こす。

「きゃー！」

背後で伊織の悲鳴が聞こえた。

「そら！　伊織ちゃんのところに行け！」

「でも！」

「俺は大丈夫だ」

安西は言うなり、神戸に頭突きを食らわせた。

神戸の顔が安西の血にまみれた。

「頭突きなら負けねえぞ、こら」

安西が二度、三度と神戸に頭突きを入れる。今度は神戸の相貌が歪み、鼻や口から血を噴いて、血まみれになった。

「行け！」

安西が声を上げた。

そらは振り返った。茂の部屋に二人の男が押し入ろうとしている。

そらは駆け戻った。中の様子はわからない。ただ、手前にいるパイプを握った男が現時点で敵であるということはわかった。

そらは肩から男の背中に突っ込んだ。

男は不意を突かれ、つんのめった。そらはそのまま男を押し込んだ。男の腹に腕を巻いたまま、茂の部屋になだれ込む。

男はテーブルに顎を打ちつけた。顎を押さえ、うずくまる。

そらが顔を起こす。バールを持った男が伊織と茂の前に立っていた。突然のそらの侵入に驚き、バールを振り上げたまま固まっている。

すかさず伊織が右脚を蹴り上げた。

男が息を詰めた。脛が男の股間にめり込んでいた。

「クソアマ……」

男はバールを落とし、伊織の二の腕をつかんだ。

そらは倒した男の鉄パイプをつかんだ。振り上げ、後ろから襲おうとする。

が、男は目を剝き、腰を折った。

そらは男の腹部を見た。腹にはバールが刺さっていた。男の陰には屈み込んでバールを握る茂の姿があった。

「シゲさん……」

そらは茂を見つめた。

仕方のない状況だということはわかっている。それでも、いつも柔らかい笑顔で自分たちを迎えてくれていた老齢のコックが、その目に怒気をあらわにして人を刺している姿はショックだった。

茂はそのまま男を突き倒した。男は体をねじって床に横たわり、血が噴き出す腹部を押さえて呻いた。

そらが倒した男が起き上がろうとする。茂はその男の背中にもバールを突き刺した。男は呻き、床に突っ伏した。

ドアからはまた二人の男が入ってきた。

そらは振り返って伊織の前に立ち、鉄パイプを竹刀のように構えた。

その前に茂が躍り出て、男たちと対峙した。

「そら君、パイプを捨てて、伊織ちゃんと逃げなさい」

背を向けたまま言う。

「僕も戦います」

「君は手を汚してはいけない」

茂が言う。

「一度汚してしまえば、二度とその汚れは取れなくなる。君はまだきれいだ。その手で、伊織ちゃんを守ってあげてほしい」

茂が肩越しに振り返った。いつもの茂の優しい眼差しだった。

「私が彼らを倒す。その隙に君たちはここを出るんだ」

茂が再び、男たちに向き直った。その背中に並々ならぬ決意が漂う。

そらは鉄パイプを捨てた。伊織の右手を握る。伊織はそらの左手を握り返した。

「行くぞ！」

茂が声を上げた。

バールを振り上げ、男たちに突っ込んでいく。そらと伊織も後ろに続いた。

茂が左側の男にバールを振り下ろした。男がパイプを水平に上げ、バールを受け止める。金属音が耳管を揺るがす。

右側にいた男が、茂の顔にパイプを振り下ろす。茂は顔を傾けて避けた。が、パイプは茂の右肩を砕いた。

茂が顔をしかめた。右手がバールから離れる。茂はよろけてかすかに後退した。

「シゲさん！」

そらは茂を支えた。

茂はそらを突き飛ばし、両腕を広げ、ドア口を塞いでいた男たちに突っ込んだ。二人の胴に腕を巻き、玄関ドアを突き破る。

「行け！」

茂が声を張った。

そらは伊織の手を握り、表に飛び出た。しかしすぐ、そらは立ち止まった。

敷地内のあちこちで乱闘が始まっていた。争っているのは、夕方まで共に仕事をしていた仲間たちだ。

誰が敵で誰が味方なのかもわからない。つい先ほどまで笑みを交わしていた者同士が、今は武器を持って殺し合っている。

いつだったか、ヒロに言われた言葉を思い出す。

『こうした集団は、いつ私利私欲で走り出すかわからねえ。誰か一人がかき回し始めたら、すぐに疑心暗鬼になって、自己防衛に走る。相手を殺してでも自分が生き残る。それが本当の〝ワル〟だ』

心の底ではわかっていた。

自動車窃盗を生業にしているグループだ。まともなはずがない。

それでも、そらは、ここで知り合った人たちを信じていた。いや、信じたかった。

素性も知れない自分を何も聞かずに受け入れてくれて、時に厳しく、時に優しく接してくれ、自分が次へ進む道標を与えてくれた人々だ。

怪我をしてまで守ってくれた安西も、その安西に襲いかかった神戸も、つい数時間前までは自分にとって大事な先輩たちだった。

今、敷地内で争っている人たちもみな、そらが初めて心を許せた人たちだ。

それが今、二分して殺し合っている。

あちこちで血と怒号が飛び交い、呻き声も聞こえる。みんなが働いていた工場も、寝起きしていた宿舎も炎に包まれている。

哀しかった。

自分が信じてきたもののすべてが虚構だったような気がして、ただただ哀しかった。

何もかも壊したくなっていた。

虚構なら、すべてを破壊したい。

そらの胸の奥に、どす黒い憤怒が湧いてくる。血糊の付いた鉄パイプが目に留まる。そらは伊織の手を放そうとした。

しかし、その手を伊織が強く握った。

ハッとして顔を起こす。伊織はまっすぐ、そらを見つめていた。伊織の目にも哀しみが滲んでいる。が、それ以上に力強い何かを感じる。

「そら君、行こう」

伊織がそらを引っ張った。

そらは引かれるまま、走り出した。

伊織は駐車場に向かった。駐車場手前でも、仲間たちが小競り合いをしている。伊織は争いに巻き込まれないよう、乱闘を掻い潜りながら、駐車場へ急いだ。

そらも走る。その二人の前に、殴り倒された男が転がった。

伊織がその男につまずいた。つんのめる。そらも引きずられ、伊織と共に地面に転がった。

すぐさま上体を起こす。

「伊織さん、大丈夫？」

「ごめん。大丈夫」

伊織が体を起こす。

そこに、鉄パイプを持った男が迫った。顔は血にまみれ、狂気の眼差しを二人に向けていた。言葉が通じる様子ではない。

そらは近くに転がっていた小さなバールを握った。

茂は、手を汚すなと言った。できれば、そうしたかった。しかし、ここで退けば、伊織は守れない。

そらはバールを握って立ち上がった。男と対峙する。

「そら君！」

「伊織さん、走って！」

「いけない！　君は、そんなことをしてはいけない！」

「僕も男だ！」

そらは男に向かっていった。バールを男に向かって振り下ろす。

が、男はふっと後ろに飛び退き、簡単にかわした。そらの上体が前のめりになる。

男が鉄パイプを目一杯、振り上げた。

「危ない！」

伊織がそらの背中に飛び乗った。そのまま押し倒し、上に重なる。

「伊織さん！」

そらが伊織を押しのけようとする。が、伊織は全体重を乗せ、そらの上に覆い被さった。

伊織は目をつむった。そらは首をひねって、男を見た。

男がパイプを振り下ろした。

「伊織さん！」

押しのけようとする。伊織は強くそらを抱き締めた。

やられる！

その時、二人の顔に影が差した。

次の瞬間、パイプを握っていた男が真横に吹っ飛んだ。

そらは伊織の下から顔を出した。

ヒロだった。蹴り上げた右脚を地に下ろす。

「そら。おれは伊織を守ってくれと言ったんだぞ。おまえが守られて、どうすんだ」

ヒロが言う。

「兄さん……！」

伊織は起き上がり、ヒロにしがみついた。

ヒロの顔は血まみれだった。上着やジーンズも破れ、煤を浴びて黒ずんでいる。

「よかったよ。おまえらの姿が見えたんで追ってきたんだが、危ねえところだった」

「すみません……」

そらが肩を落として立ち上がる。

「まあでも、伊織をここまで連れてきてくれてありがとうな」

ヒロはそらに微笑みかけた。

「ヒロさん。どうなっているんですか？」

「瑛太……元鬼神の連中が反乱を起こしたんだ。おまえらは、どれでもいいから車に乗って逃げろ」

「ヒロさんは？」

「おれはここを守らなきゃならねえ。心配するな。やられやしねえよ」

ヒロは伊織を押し離した。

「おまえらは二度とここへ戻ってくるな。そら、伊織を頼む」

ヒロは言い、二人に背を向けた。

「兄さん、一緒に――」

伊織がヒロを引き止めようとする。

そらは、伊織の腕をつかんだ。

「ヒロさん、わかりました。ここから先は僕が伊織さんを守ります」

「頼んだぞ」

ヒロは右手を挙げると、再び、乱闘の真っ只中へ戻っていった。

「伊織さん。行きましょう」

そらは伊織を見つめた。

伊織はじっとそらを見つめ返した。やがて、深く頷き、二人でキーがついたままの車に乗り込んだ。

6

京急川崎駅に降りた俊士は、北へ歩き、多摩川沿いに出た。夜風で熱を冷ましながら、六郷橋へ向け、ゆっくりと歩く。

夜の川に視線を投げつつ、自分の人生を振り返った。

物心ついた時から、親の顔は知らなかった。生まれてすぐ、児童養護施設の前に捨てられていたと園長から聞いた。

親に対しての感慨はない。しかし、思春期になると、周りと違う自分の境遇に耐えきれなくなり、無用に暴れた。そのうち不良のレッテルを貼られるようになり、仲の良かった友達も周りからいなくなった。

俊士は誘われるまま、ヤクザになった。

自分を大切にして生きるということがどういうことなのかわからなかった。所詮、親も親戚もいない孤独の身。好きに生きて死ねれば、それでよかった。

無茶を平気で仕事を引き受けて暴れる俊士は、その世界でメキメキと頭角を現わした。

まもなく、自分の組を持った。

多数の部下に囲まれるようになると、俊士は、家族というものに思いを馳せるようになった。集まってくる者はみな、社会からはぐれた者ばかりだったが、寝食を共にする仲間がいとおしかった。

そうして過ごしているうちに、俊士は人と生きるということを意識するようになった。そして、自分や彼らを死なせないために組を解散し、足を洗った。

このまま西野の協力を得て、啓三郎たちと共に、本当のファミリーを作れるはずだった。

が、ここへ来て、過去の怨念が甦った。

もう少しというところで、道は断たれた。

自身が生きてきた道は否定しない。が、若い頃、もう少し〝自分〟とか〝生きる〟ということとかを真面目に考えていれば……とも思う。

出入りの前に過去を振り返るとは。俺も歳を食ったもんだな……。

俊士はふっと自嘲した。

六郷橋付近に差しかかる。と、クラクションを鳴らされた。俊士は振り向いた。黒いワゴ
ンが俊士の脇に来て停まった。助手席の窓が下がる。

「何やってんだ？」

啓三郎だった。

「おまえこそ、何やってるんだ」

俊士が訊く。

「瑛太にコケにされたんでな。食らわせに行く」

啓三郎が片笑みを滲ませる。

「待てよ。それは俺の役目だ。瑛太の件は俺の因縁だから、おまえは引っ込んでろ」

「もう遅えよ」

啓三郎は後部シートに目を向けた。

俊士は助手席のドアを開け、中を覗いた。生臭い血の臭いがムンと鼻先を突いた。絶命した男二人が転がっている。

「また、派手にやったもんだな」

俊士は乗り込み、車窓を見た。固まった血糊がこびりついている。

「ガキどもがオレを殺ろうなんざ、百年早えんだよ。タバコねえか？」

「あるよ」

俊士はポケットからタバコを出した。

一本を啓三郎に渡し、もう一本を咥える。自分が先に火を点け、ライターを渡す。啓三郎も先端に火を点けた。紫煙がフロントガラスに沿って漂う。

啓三郎はフロントガラスの先に目を向けたまま、口を開いた。

「なあ、俊士。おまえ、本当にカタギになりたかったんかよ」

「ああ。おまえもだろう？」

俊士が訊く。

「それもいいかもなとは、ちょっと考えた。けど、どのみち、オレもおまえもこっちの世界からは抜けられなかったということだ」

「因果だな」

「ああ、因果だ」

啓三郎は咥え煙草のまま、ゆっくりと車を走らせた。

双実商事の事務所が見えてくる。プレハブ小屋が集まる敷地への入口には、車が二台、入口を塞ぐように横付けされている。その隙間から覗く敷地内には、物騒な道具を手にしたいかつい男たちがうろついていた。

啓三郎はライトを落とし、車を停めた。

「ありゃあ、何人くらいだ？」

「五十から百といったところじゃないか？」

「オレたち二人に、たったそれだけか？」

啓三郎は鼻で笑った。

「啓三郎。おまえ、生まれ変わっても、ヤクザやるか？」

「何言ってんだ。オレたちがまともな人間に生まれ変われるわけねえだろう」

「それもそうか」

俊士は笑った。

足下にタバコを落とし、靴底で揉み消す。啓三郎もタバコを吐き捨てた。火が点いたまま足下に転がっているが、消そうともしない。

「俊士。宇垣はオレに殺らせろ。ヤツはオレの因縁だ」

「好きにしろ。瑛太は俺がカタを付ける」

俊士の顔から笑みが消えた。双実の事務所を見据える。

「準備はいいか？」

啓三郎が訊く。

「もう、できてる」

「じゃあ、行くぞ」

啓三郎はハンドルを握り、アクセルを踏み込んだ。

スキール音が轟いた。タイヤが空回りし、白煙を上げる。アスファルトをタイヤが噛む。瞬間、俊士と啓三郎を乗せた黒いワゴンは急発進した。

みるみる速度を上げ、入口に迫っていく。敷地内の男たちが、車に気づき振り向いた。

瞬間、二人を乗せたワゴンは入口を塞ぐ二台の車を弾き飛ばした。バンパーが砕け飛び、フロントガラスが割れる。粉々になったガラスが俊士と啓三郎に降り注ぐ。が、二人共瞬きもしない。

弾かれた車は、一台は回転し、敷地内の男たちを巻き込んだ。もう一台は、横転して転がり、プレハブ小屋の壁に激突した。

ワゴンはそのまま男たちの群れのど真ん中を突き進み、一番奥のプレハブ小屋のドアを突き破った。タイヤがパンクし、車体が傾く。啓三郎がハンドルを切った。ワゴンはスピンして、小屋の中の広間のど真ん中で停まった。

煙が立ち上る。男たちがワゴンを遠巻きに囲んだ。

助手席と運転席のドアが開く。二つの影が車から降りてきた。煙が風に揺れ、流れる。俊士と啓三郎が姿を現わす。

俊士は大きく息を吸い込んだ。カッと双眸を開き、奥を見据える。

「瑛太！　出てこいや！」

野太い怒号が一帯に轟いた。

7

奥美濃自動車の敷地内は混沌としていた。

誰が敵か味方か判然としない中、ヒロは襲ってくる敵を次々と撃退した。それでも敵は次から次に湧いてくる。

工場や宿舎の炎は、夜空を焦がすほど燃えさかっている。

「ここを守りたいヤツは、火を消せ！」

ヒロが怒鳴る。

何人かがヒロの声を聞き留め、消火器を持って建物や工場に走る。しかし、途中で敵が現われ、消火の邪魔をする。そのたびにヒロが走っていき、敵を殴りつける。

ヒロの背後から、鉄パイプを持った男が迫っていた。ヒロは別の男と戦っている最中で気づかない。鉄パイプが、ヒロの後頭部に当たろうとした。ヒロは気づいた。が、避けられない。奥歯を噛みしめ、顎を引く。

当たった……と思った時、人影がヒロと男の間に割って入った。

鈍い音がした。男が額で鉄パイプを受け止めていた。

「安西！」

ヒロが安西を認める。

安西の顔は血まみれだった。服も裂け、胸元や腕にも傷を負っている。満身創痍だった。

それでも男のパイプをつかみ、横っ面を殴りつけ、倒す。

安西が片膝を落とした。二の腕を支える。

「おまえはこっち側だな」

「どっちがどっちか知りませんが、何なんですか、こりゃあ！」

「瑛太の息のかかった連中が敵だ。ここを破壊しようとしてる」

「あのガキ、嫌な感じでしたもんね」

安西はもう片方の膝も落とした。

「大丈夫か？」

「俺はなんとか。けど、このままじゃあ、潰されちまいますよ」

安西が立ち上がろうとする。

「ちょっと休んでろ。動けるようになったら、消火に回ってくれ」

「敵は？」

「おれがなんとかする」

ヒロは手を離して立ち上がると、集団乱闘になっている場所を見据えた。

「どいつもこいつも……ナメんじゃねえぞ！」

両の拳を握り締め、咆吼した。

集団に突っ込んでいく。

ヒロを認めた敵が束になってかかってくる。鉄パイプを掻い潜り、顔面に拳を叩き入れる。目の端を掠める敵の影に向け、足刀蹴りを放つ。背中を殴られ、前のめりになるが、体勢を立て直してすぐ相手の胸ぐらをつかんで引き寄せ、頭突きを叩き込む。

敵は一人二人と倒れる。が、なかなか減らない。

「何人いるんだ……」

息が上がってきた。眼に血が入り、赤く霞む。

正面の敵の懐に突っ込んだ。鼻頭に頭突きを入れる。相手の鼻孔から血がしぶいた。鮮血がヒロの顔にかかる。

ヒロは一瞬、両眼を閉じた。血を拭い、双眸をこじ開ける。

その時、こめかみに衝撃を覚えた。

敵の鉄パイプが真横からめり込んでいた。

脳が揺れた。ふらつき、片膝を落とす。立ち上がろうとするが、思うように体が動かない。

視界には鉄パイプとバールを握っている三人の男が映っていた。三人はヒロの前面から同時に武器を振り下ろした。

ちくしょう！

避けられない。

これまでか――。

覚悟を決めた瞬間、ヘッドライトが三人の男とヒロを照らした。

男たちが動きを止めた。車が猛スピードで突っ込んできた。ヒロはよろけつつ、後方へ倒れた。車はヒロの前の敵を弾き飛ばした。三人の男が悲鳴と共に宙を舞う。

車は敷地の土を撥ね上げ、半回転して停まった。ドアが開く。

「大丈夫か！」

男が飛び出してくる。

ヒロは男を見て、笑みを浮かべた。

「西野さんか……」

西野はヒロの傍らに膝を突き、抱き起こした。

「ひどい形《なり》だな。立てるか？」

「頭が揺れちまったんで、ちょっとの間厳しいです。西野さん、なんでここに？」

「奥園さんに、工場を守ってくれと頼まれてな。しかし、これじゃあもう、どうにもならないな」

西野は敷地内に目を向けた。

工場も宿舎も、半分以上が鉄骨剝き出しになっていた。炎はまだ燃えさかっている。何人かが消火を試みているが、焼け石に水状態だった。

「すみません。おれも俊士さんにここを守るよう言われてたんですけど、このザマで」

「仕方ないよ。連中の方が用意周到だったということだ。白石の側でここを仕切っているのは誰だ？」

「わからねえんですよ。敵味方がはっきりしないんで、どうにもならなくて……」

「そうか。ここで、くたばったふりをして寝てろ」

西野はヒロから手を離し、立ち上がった。

「どうするんですか？」

「まあ、見てろ」

そう言い、西野は激しく乱闘しているところへ走っていった。

ヒロは地面にうつぶせ、意識を失ったふりをした。西野の様子に目を向ける。

西野は鉄パイプやバールをかわすが、相手を殴ろうとはしなかった。何かを話しかけ、どんどんヒロから離れていく。そして、工場の裏あたりに消えた。

「大丈夫かな……」

心配になり、身を起こそうとする。

まもなく、声が響いた。

「おまえら、やめろ！」

大柄で短髪の男が野太い声を張った。沢入《さわいり》という男だ。啓三郎と共に裏工場で働いている男だった。

沢入の号令を耳に留め、武器を振るっていた男たちが手を止めた。

「あいつが、頭か……」

ヒロは地面に両手を突き、上体を起こそうとした。だが、まだ全身に力が入らず、そのまま伏せた。

「ここはもういい！　事務所に戻るぞ！」

沢入が言う。

と、男たちは次々と武器を捨てた。ぞろぞろと駐車場へ向かう。途中、倒れた仲間を拾う者もいた。男たちがヒロの脇を過ぎていく。途中、ヒロの腹を蹴る者もいたが、ヒロは声を出さず、我慢した。

西野が沢入から離れ、ヒロの方へ駆け戻ってきた。が、ヒロには近づかず、自分が撥ね飛ばした男たちの方へ足を向けた。

「おう、あんたら、すまなかったな」

動ける者を抱き起こす。

「宇垣さんの命令で、双実へ戻ることになった。あんたら、俺の車を使ってくれ」

西野は言い、倒れている男を抱き上げ、自分が乗ってきた車に乗せた。

そこへ沢入が近づいてくる。

「あんたは、その車で行くのか？」

沢入が訊く。

「いや、俺はここの後処理をして戻るように言われてる。ここは俺に任せて、あんたらは事務所へ急いでくれ。でねえと、俺が親父からどやされちまう。あんたもその車を使ってくれ」

「そうかい。じゃあ、後は頼んだよ」

沢入は言い、西野が乗ってきた車に乗り込んだ。自らハンドルを握る。撥ね飛ばした男たちが乗り込むと、沢入はエンジンをかけ、車を動かした。ゆっくりと敷地から出ていく。沢入の車に続き、二台、三台と車が続いた。

西野は立ったまま、車列を見送った。最後の車が敷地内を出ていく。その車のテールランプがカーブを曲がり、姿を消した。

少し間を置き、周囲を確認すると、西野は小走りでヒロに寄った。

「動けそうか？」

「はい、なんとか――」

ヒロは両手を突き、上体を起こした。いったん座って、大きく息を吐き、膝に手を置き、ゆっくりと立ち上がった。

敷地内を見回す。乱闘は収まっていた。武器を持っている者もいない。

「どういうマジックを使ったんですか？」

目を丸くする。

「宇垣の命令で、ここは放置して事務所へ戻れと指示したんだ」

「そんな命令を信じたんですか、あいつら？」

「所詮、上の命令でしか動けない連中だ。宇垣や白石の名前を連呼すれば、逆らえなくなる。喧嘩はここを使わないとな」

西野は人差し指でこめかみをつつき、にやりとした。

「何にしても、助かりました。火を消さねえと――」

ヒロが建物へ向かおうとする。

「消火はいい」

「なぜです？」

「ここは捨てる。ヒロ、新工場の予定地を覚えているか？」

「住所なんかはわからないですけど」

「あとで教える。そこへ残っている者を連れていけ。今、残っている連中はこっち側の人間だ。急いで集めて、ここを出るぞ。動ける者に声をかけて、動けなくなった者や怪我人をトラックや車に乗せろ」

「いいんですか、ここを捨てても」

「かまわない。どのみち、出なきゃならなかった場所だ。このまま燃やして、裏稼業の証拠も消してしまおう。急げ」

「わかりました」

ヒロは宿舎の方へ走った。西野が工場の方へ走る。

ヒロは途中、仲間に指示をしながら、茂のところへ向かった。砕けたドアの脇に茂が倒れていた。

「シゲさん！」

傍らに跪き、抱き上げる。

茂は頭や腕から血を流していた。腹からも血を出している。顔色は蒼く、唇は紫色になっている。茂はうっすらと目を開けた。

「ヒロ君か。騒動は？」

「収まったよ」

「そら君と伊織ちゃんは？」

「逃がした。大丈夫」

「よかった……」

　全身から力が抜ける。

「シゲさん、しっかりしろ！　ここを出るぞ」

「どこへ行くんだ……？」

「新天地だ。こんなところでくたばってる場合じゃねえよ」

「いいなあ、新天地。私も見たかったよ」

「シゲさんも見るんだよ！」

「私は……」

　茂は笑みを浮かべると、そのまま気を失った。

「シゲさん！」

　鼻先に耳を当てる。呼吸はしているが薄い。

「くそう！」

　ヒロは茂を抱え上げた。腹を肩に乗せ、持ち上げる。すぐ近くの車に走り、後部シートに茂を寝かせ、ドアを閉めた。運転席に乗り込み、エンジンをかける。

　西野の姿を見つけ、車で近寄った。

「西野さん！」

「どうした？」

西野が駆け寄ってくる。

「シゲさんがヤバい！　病院に連れていくから、後は頼む！」

ヒロが言う。

西野は後部座席を覗き込んだ。すぐさま、助手席に回り、ドアを開ける。シートに半分尻を引っかけ、ナビに電話番号を打ち込み、病院名をタップした。

「ここへ連れていけ。西野の紹介だと言えば、うまくやってくれる」

「ありがとう。後は頼みます」

「わかった」

西野は車を降り、ドアを閉めた。

ヒロは急いで車を出した。

8

俊士は吼えると同時に、男たちの群れに突っ込んだ。啓三郎も俊士に並ぶ。

男たちは、二人の中年に若干怯んだ。俊士は日本刀を握っている男に駆け寄った。男があわてて刀を振りかざす。

俊士は男の顔面に右ストレートを叩き込んだ。男の相貌が歪んだ。両脚の踵が浮き上がり、背中から落ちる。男はしたたかに背を打ちつけて息を詰めた。手から日本刀がこぼれる。

俊士は日本刀を拾い、柄を握った。仰向けになった男の心臓を突き刺す。男は目を剝き、口から血を吐き出した。

両手で柄を握り、周りの男たちに向け、振り回す。虚を衝かれた男たちは、逃げ惑う。俊士は容赦なく、男たちを斬りつけた。一人、また一人と足下に沈む。

「瑛太はどこだ！」

倒れた男の顔を蹴る。

「お……奥……」

男はプレハブ小屋の奥を指した。

啓三郎はナイフを振るい、次々と男たちの喉を掻き切った。男たちは啓三郎の速さに翻弄されていた。正面の男が銃口を上げた。啓三郎はナイフを投げた。回転したナイフの尖端が男の眉間を捉えた。

男は双眸を見開いた。そのままゆっくりと仰向けに倒れる。啓三郎は、男に駆け寄った。

手からオートマチックを奪う。立ち上がるなり、目につく敵に乱射した。被弾した男たちが血を巻き上げ、地に沈む。

「おー。久しぶりのチャカは、痺れるぜ」

啓三郎は片笑みを浮かべ、弾が尽きるまで撃ちまくった。そして、倒れた男の手から銃を奪い、再び乱射する。

男たちは俊士と啓三郎の急襲になすすべなく右往左往する。

壁に隠れた敵が啓三郎に銃口を向けた。腕を伸ばし、照準を合わせる。引き金を引こうとした。

瞬間、両腕が飛んだ。

男の悲鳴が轟いた。

俊士が男の両腕を叩き斬っていた。男の前腕からは血が噴き出した。

正面から刀を持った男が迫ってきた。上段に構えた刃を振り下ろす。俊士は下から逆袈裟で振り上げた。刃と刃が弾き合い、金属音が響く。男の手から刀が飛んだ。俊士は刀を返し、上から下に振り下ろした。

男の胸元が裂けた。噴き出した鮮血が俊士に降り注いだ。顔から上半身が血に染まる。俊士はその後ろにいた男を睥睨した。

男は固まった。すかさず迫り、水平に刀を振った。刃が首を撥ね飛ばした。頭部だけが宙を舞い、首からは血のシャワーがほとばしった。

右横から刃が水平に迫った。俊士は右肩の横に刀を立てた。刃を受け止める。左足を大きく踏み込み、相手の右斜め後ろに出る。刃を重ねたまま、手首を返す。反転すると同時に刃を滑らせて抜き、相手の後頸部に刃を当て、右脚を抜いて体を半回転させた。

体の回転に従って刃は流れ、敵の首を斬り裂いた。頸動脈が断裂し、血がしぶく。

背後から敵が迫った。気配を感じ、右脚を前に踏み出す。切っ先が俊士の背中を掠めた。服が裂け、背中に血の筋が滲む。肩越しに背後を見やる。敵は上段に構え、俊士に迫っていた。

俊士は柄を持ち替えた。切っ先を後ろに向け、突き出す。尖端が男の腹を抉った。腰を落とし、切っ先を押し入れる。刃は腹部を貫通し、背中に抜けた。

刃を引き抜き、前方へ飛び、距離を取って振り返る。上段に構えていた男は刀の重みでそのままうつぶせに倒れ、突っ伏した。

俊士は奥のドアを見据えた。敵を蹴散らしながら走る。それを認めた啓三郎も続く。

後方から男たちが追ってきた。怒号が二人の背中を震わせる。

「面倒だな、あの人数は」

俊士が言う。

「任せろ」

啓三郎は倒れた男の手から自動拳銃を二丁、もぎ取った。

左手の銃は男たちに向け、右手の銃を車に向ける。同時に撃ち放った。迫ってきた男たちが足を止めた。散らばり、物陰に隠れる。応戦する者もいたが、啓三郎は仁王立ちのまま撃ち続けた。

右手の銃から放たれた弾丸が、ワゴンの給油口の蓋を破壊した。中蓋も弾き飛ばす。気化したガソリンが噴出する。

啓三郎の左肩を敵の銃弾が撃ち抜いた。啓三郎の左手から銃がこぼれた。体が揺らぐ。啓三郎は顔をしかめながらも右腕を起こし、ワゴンの給油口に向け、連射した。

銃弾が車のボディーに擦れた。火花が飛び散る。

気化したガソリンに引火した。火がガソリンタンクに吸い込まれる。途端、火柱が噴き上がった。

地が鳴動した。車体が舞い上がる。凄まじい爆音が耳をつんざき、炎と爆風が周囲の男たちを襲った。爆煙で一帯が煙る。

俊士が振り向いた。

「大丈夫か？」

啓三郎の左肩に目を向ける。

「かすり傷だ」

啓三郎は空になった銃を投げ捨て、転がった日本刀を右手に握った。

「おまえこそ、大丈夫なのか？　背中がパックリ開いてるぞ」

「暑いからちょうどいい」

俊士は片笑みを覗かせた。

「この奥だな」

啓三郎がドアに目を向ける。俊士が頷いた。

「決着をつけようぜ」

啓三郎が右脚を上げた。

「だな」

俊士が左脚を上げる。

二人は同時に、ドアへ前蹴りを放った。強烈な蹴りが同時に炸裂し、ドアが吹き飛ぶ。ドアの向こうにいた男数名が薙ぎ倒される。十名程度の男がいた。みな、手には銃を持っていた。二人を認め、発砲する。

弾幕が俊士と啓三郎を襲う。肩に被弾する。太腿に銃弾が食い込む。片耳を弾丸が弾き飛ばす。しかし、二人は止まらなかった。

銃を持った男たちに突っ込み、刀を振り回した。一人、また一人と兇刃に倒れる。男たちは修羅と化した二人に畏れを成し、後退した。奥のドアの前に二人の男が立ち塞がった。俊士と啓三郎は、左右から刀を振り下ろした。二人の男はそれぞれの刃に斬り裂かれ、その場に頽れた。

刀は血に染まっていた。下げた切っ先からポタポタと血の滴が垂れる。

「脂吸っちまったな。斬れねえか、こいつ？」

「豚三匹だ。間に合うだろうよ」

俊士は刀を脇に挟み、血を拭った。

「そうだな。串刺しにしてやればいいか」

啓三郎も刃を股に挟み、ズボンで血を拭う。

「先に行くぞ」

啓三郎はドアを蹴り倒した。そのまま中へ飛び込む。

銃声が轟いた。啓三郎は弾かれ、壁に背を打ちつけた。

俊士は中へ飛び込んだ。啓三郎の脇腹に体当たりし、そのまま押し倒す。銃声が響く。的を失った弾丸が壁にめり込んだ。

瑛太が銃を握っていた。後ろには稲福と宇垣の姿がある。瑛太の握った銃は床に伏せた二人に向いていた。三度、引き金を引いた。銃弾が俊士の右膝を砕いた。俊士はたまらず、顔をしかめた。

俊士は壁際にあるスチール机の裏に這った。啓三郎の襟をつかみ、同じ場所へ引っ張り入れる。壁に背を当てる。俊士は自分のTシャツを破り、右膝に巻きつけた。

啓三郎は右胸に被弾していた。シャツがみるみる血に染まる。

「大丈夫か？」

小声で訊く。

「たいしたことねえ……と言いたいが、ちょっときついな」

啓三郎は無理に笑みを浮かべた。

「奥園！　出てこい！」

瑛太が声を張った。発砲する。銃弾がスチール机に当たり、甲高い金属音を放つ。

「どうだ！　銃に撃ち抜かれる気分は？　てめえが偉そうにしたところで、銃には敵わねえだろうが！」

瑛太は立て続けに乱射した。俊士は首を竦め、身を丸めた。

「いきなり、チャカで弾かれりゃあ、誰でも動けねえわな。それをいいことに、俺らを好きにいたぶりやがって。丸腰なら、てめえなんかにやられやしなかったんだ。おら、出てこいよ！」

瑛太は怒鳴りながら、銃弾を撃ち尽くした。

マガジンを排出する音が聞こえた。すぐさま新しいマガジンを挿入し、スライドを擦らせ、弾を装塡する。

「出てこい！　出てこいよ！」

瑛太は再び、乱射を始めた。

「おまえ、えらいのに付きまとわれたんだな」

啓三郎が言う。

「好きで付きまとわれたわけじゃない」

俊士は閉口した。

「どうするよ？」

「動けるか？」

俊士は啓三郎を見やった。

「なんとかな」

　啓三郎は咳き込んだ。血塊がフロアに飛散する。しかし、眼は死んでいない。

「瑛太の後ろにイナカンと宇垣がいる。おまえはそこに突っ込め。俺は瑛太を仕留める」

「どうするんだよ」

「こいつを投げつける」

　俊士は椅子に目を向けた。

「古典的だな」

　啓三郎は笑った。

「あんなガキには、古くさいくらいでちょうどいい」

　俊士も笑みを返す。

「いつ行く？」

「もうすぐだ」

　俊士は椅子の支柱を握った。

　瑛太は声を張り上げ、銃を連射していた。銃声が物音を隠す。俊士は身を起こし、屈んだ。

　右膝に鈍い痛みが走る。傾きそうになる体を、支柱を握って支える。啓三郎も起き上がり、刀をついて屈んだ。

「おら、どうした！　ビビったか、奥園！」

瑛太が怒鳴った。銃声が途切れた。

瞬間、俊士は立ち上がった。椅子を持ち上げ、銃声のしていた方向に投げる。瑛太は一瞬怯み、マガジン交換の手を止めた。

俊士は机に上がった。天板を蹴り、大きく飛ぶ。瑛太はマガジンを入れ、スライドを擦らせた。銃口を起こそうとする。その前に俊士は瑛太に覆い被さった。そのまま瑛太を押し倒す。

啓三郎は、机の陰から飛び出した。切っ先を下げたまま走り、瑛太の脇をすり抜ける。

稲福があわてて銃口を啓三郎に向けた。啓三郎は日本刀を振り、切っ先を突き出した。

稲福の鳩尾《みぞおち》に刃が飛び込んだ。柄頭《つかがしら》に左手を添え、押し込む。刃が稲福の体を貫通した。

稲福は双眸を剝いた。口からどろりと血が流れる。引き抜くと、稲福の体が前方へ傾き、そのまま床に突っ伏した。

啓三郎はゆらりと上体を起こし、宇垣を睨んだ。

「よお、宇垣。楽しませてくれるじゃねえか」

右手で柄を握り締める。

宇垣は後退した。啓三郎はゆっくりと宇垣に歩み寄る。じりじりと下がる宇垣の背中が壁に当たった。宇垣はびくりとし、身を強張らせた。

「ま……待て、美濃。これは、俺が仕掛けたことじゃねえんだ。白石と稲福が勝手にやったことだ。俺はやめろと言ったんだ。おまえらの怖さは知ってる。止めたんだぜ。わかってくれよ、なあ……」

宇垣は眉尻を下げた。今にも泣き出しそうな顔をしている。

「昔のよしみじゃねえか。後のことは全部俺が処理してやる。だから、ここは痛み分けってことで。な、美濃」

膝が震え、腰が落ちる。

啓三郎は、冷ややかに宇垣を見据えた。

「二度とおまえらには関わらねえ。だから、許せ。な、頼む！　この通りだ！」

宇垣は両手を合わせ、顔の前に立てた。

「やってられねえなあ」

啓三郎はやるせないため息を吐いた。

宇垣は顔を上げた。

「な、こんなこと続けても仕方ねえだろ。ここは手打ちで」

「やってられねえ。やっぱ、あの時、手打ちなんてするんじゃなかった。野口とてめえだけは、きっちりと殺っとくべきだった」

啓三郎は刀を振り上げた。

「やめろ！　な、やめてくれ！」

宇垣が拝んだ。

啓三郎は柄を握った。振り下ろそうとする。

背後でくぐもった銃声が響いた。

啓三郎は振り返った。俊士の腹部あたりで硝煙が立ち上っている。

「俊士！」

啓三郎が一瞬、宇垣に背を向けた時だった。

宇垣は懐から銃を抜いた。素早く銃口を起こし、引き金を引いた。銃弾が啓三郎の背中を貫いた。啓三郎はたまらず、片膝を落とした。

「てめえはいつも詰めが甘いんだよ。くたばれ」

宇垣が再び引き金を引いた。

啓三郎は顔から床に伏せた。前歯が砕け、血がしぶく。頭部を狙った宇垣の弾丸はその先にある窓ガラスを砕いた。啓三郎は床を転がり、仰向けになった。その勢いを利用し、右手に握った刀を振る。

宇垣のネクタイが切れた。布が舞う。宇垣の動きが一瞬止まった。啓三郎は上体を起こした。同時に切っ先を突き出す。

刃は宇垣の腹部を抉った。両手で柄を握り締め、もう一度突き刺す。貫通した刃が背後の壁に刺さった。

啓三郎は柄から手を離し、立ち上がった。宇垣は壁に串刺しにされていた。血走った目を剝き、口からダラダラと血を垂れ流していた。

宇垣に歩み寄り、右手に握った銃をもぎ取る。

「確かに詰めが甘えな、オレは。忠告、ありがとよ」

啓三郎は宇垣のこめかみに銃口を当てた。躊躇なく、引き金を引く。

重い銃声が轟いた。宇垣の頭蓋骨が砕けた。鮮血と脳漿が飛散する。宇垣は串刺しのままうなだれ、光を失った双眸で足下を見つめた。

振り向き、俊士の方を見やる。

啓三郎はにやりとした。

俊士は上体を起こしていた。瑛太に馬乗りになっている。腹からは血が溢れていたが、両眼は狂気に満ちていた。啓三郎はソファーに腰を下ろし、深くもたれ、二人の様子を眺めた。

俊士は拳を振り上げていた。真上から、瑛太の顔面に打ち下ろす。

瑛太の顔は原形を留めないほど腫れ上がっていた。俊士が拳を上げると、瑛太の血糊が糸を引く。瑛太の顔の周りには砕けた歯が転がっていた。

「許してください……許して……」

瑛太は塞がった双眸をこじ開け、涙を流していた。失禁もしている。

それでも俊士はやめない。何度も何度も殴りつける。

啓三郎はその音を聴きながら、笑みを浮かべていた。

外にいた男たちの数名が入ってきた。事務所内の惨状を目の当たりにし、息を呑む。

「てめえら……ふざけんな！」

一人の男が怒鳴った。

啓三郎はその男に向け、発砲した。弾丸は男の右目を抉った。撃たれた男が後方へ弾け飛ぶ。男たちは蒼ざめた。

「こらこら、いいところなんだから、邪魔するな」

笑いながら、銃口を揺らす。

男たちはその場で身を強張らせた。

「なぜだ、瑛太……」

俊士は訊ねつつも、拳を振り下ろす。

「なぜ、つまらねえ過去にしがみついたんだ」

拳を振る俊士の目にも涙が滲んでいた。

「家族だと思っていたのによ。なぜだ」

顔面を砕く。

瑛太は朦朧としていた。口を開くが、言葉にならない。

俊士は手を止め、瑛太の胸ぐらをつかんだ。上体を起こさせる。額をくっつけ、双眸を覗き込んだ。

「俺もおまえも、過去は捨てられねえのか？」

俊士は瑛太の体を揺らした。

「なあ、新しくやれねえのか？」

額を打ちつける。瑛太の顎が跳ね上がった。

俊士は手を離した。瑛太の上体が倒れた。仰向けになったまま、宙を見据える。俊士は瑛太の上から降りた。床に転がった椅子にもたれ、両膝を立てて大きく息をつく。

「俊士、殺らねえのか？」

「もういいよ。疲れた」

俊士が天を仰ぐ。

「甘えな。寝首掻かれるぞ」

「その時はその時だ」

「そうか」

啓三郎は微笑んだ。

表が騒がしくなった。パトカーのサイレンが鳴り響く。

啓三郎は立ち上がった。体が軋み、よろける。それでも踏ん張り、俊士の脇に歩み寄った。

「こっちは終わった。行こうぜ」

右手を伸ばす。

俊士は啓三郎の右手をつかんだ。椅子の枠に左手を置き、立ち上がる。二人は互いの肩を抱いて満身創痍の体を支え合い、歩きだした。

出入口に向かう。男たちが道を空けた。啓三郎は立ち止まり、スカジャンを着た男に声をかけた。

「おい、タバコ持ってねえか？」

「あ、はい」

男はポケットからタバコを出した。

「一本ずつ、咥えさせろ」

啓三郎が言う。男は二人の口に一本ずつ咥えさせ、火を点けた。啓三郎と俊士が吸い込む。

口元から紫煙が立ち上る。

再び、歩きだそうとした。

と、スカジャンの男が目を見開いた。二人の背後を見ている。

二人は振り返った。

瑛太が上半身を起こしていた。その手には銃が握られていた。両腕を伸ばし、銃口を二人に向けている。が、腕はぶるぶると震えていた。

「俊士、こいつ、カタ付けてやらねえとかわいそうだぞ」

啓三郎は銃を俊士に渡した。

俊士はグリップを握った。

「どうしても、過去は捨てられないか？」

俊士は最後に問うた。

瑛太は目を剝いて俊士を睨みつけた。引き金に指をかける。

「そうか。残念だ」

俊士は銃口を起こした。

二つの銃声が同時に轟いた。

瑛太の放った銃弾が俊士の右頰を掠めた。

俊士の銃弾は、瑛太の眉間を撃ち抜いた。

瑛太は銃を握ったまま真後ろに倒れ、静かに宙を見つめ、息絶えた。

「因果だな」

啓三郎が肩を叩く。

「ああ、因果だ」

俊士は銃を放った。

二人は互いを支え、警察官が居並ぶ表へ歩いていった。

エピローグ

あの夜から、五年の歳月が流れた。

そらと伊織は、阿鼻叫喚の地獄絵図と化した工場から逃げ出した後、伊織の友人宅を転々としながらバイトに励み、半年後、二人の居となるアパートに引っ越した。

奥美濃自動車や双実商事の顚末は、報道で知った。

最終的には、元暴力団構成員である俊士と啓三郎が行なっていた自動車窃盗の関係で起きたトラブルだということで処理された。盗難車を売買していた俊士たちの得意先業者も一斉に姿を消した。

そらも伊織も、ヒロや茂のことが気になっていたが、最悪の状況も頭をよぎり、事実確認は保留して、自分たちのことを優先することにした。

そらは自動車整備工場のアルバイトを見つけ、実務経験を積んだ。伊織も調理師の受験資格を得るべく、近所の食堂で働いた。

互いを支え合ううちに、そらと伊織の中に友達以上の感情が芽生えた。

ヒロから連絡が来たのは、それから一年後のことだった。

伊織もそらも、ヒロは捕まったものと思っていた。

が、ヒロは西野と共に新工場の設立に奔走していた。工場を建設し、軌道に乗せたところで、伊織の友人を通じて二人の居場所を見つけ、連絡をくれた。

そらと伊織は、アパートを引き払い、アルバイトもやめて、新工場内の宿舎に移った。

そこには安西たちの顔があった。敷地内に設けられた食堂には、茂の姿もあった。

茂は一時期、危篤状態に陥ったらしい。なんとか一命は取り留めたが、格闘で深い傷を負った右腕が動かなくなっていた。

そらは新工場の自動車整備士として働き、自動車整備士三級の資格を取った。あと一年もすれば、二級試験を受けられる。

伊織は工場内の食堂で経験を積み、調理師の資格を取った。今では、食堂の厨房を仕切るメインシェフでもある。横には茂がついていて、伊織は日々、料理の腕を磨いていた。

二人が工場から去った後の顚末は、安西から聞いた。

瑛太の息がかかった者たちは、その後、宇垣の下にいた本物たちに捕まり、消息を絶ったそうだ。

その画策に西野が関わっているという噂もあったが、真偽はわからない。

あの夜のうちに、瑛太とは関係のない工場の人間を新工場の敷地に連れていき、仮設のプレハブ住宅を建て、共同生活をしながら、新工場の稼働準備をしていたそうだ。

半年間、息を潜めて生活し、そこから半年で新工場と宿舎を建設し、さらに半年で新工場を軌道に乗せた。

西野やヒロだけでなく、残った者全員が力を合わせて尽力した結果だという。

そらはうれしかった。

あの日、せっかく見つけた居場所を失ったと思った。気心知れる大事な人たちを失ったと落胆した。

が、居場所は戻ってきた。再会した人たちとは、より強い絆で結ばれた。

本当の家族のように思えるほどに——。

そらにとって、何にも代えがたい居場所を作ってくれた俊士と啓三郎は刑務所にいた。

会いに行きたかった。

しかし、俊士と啓三郎は、新工場に移った仲間たちが接見に来ることを禁じた。

新しい工場を、自動車窃盗と完全に切り離すためだ。

二人に会えるのは、西野が用意した弁護士だけだった。

俊士は弁護士を通じて、そらたちにこう伝えた。

《俺や啓三郎が果たせなかったカタギへの夢をみんなで紡いでほしい。その新工場がうまく回り、みんなが幸せな人生を全うすることが、俺と啓三郎が生きていく力となる。生ある限り、いつまでもみんなを見守っている》

俊士らしい言葉だと感じた。

そして、俊士と啓三郎が命を懸けてまで守り通した〝夢〟を紡ぎ続けようと誓った。

「そら、そろそろメシにするか」

安西が声をかけた。

「はい」

そらは工具を置き、油まみれの手を洗った。

安西と共に食堂へ向かう。ドアを開けると、すぐさま元気な女性の声が聞こえてきた。

「いらっしゃい！」

伊織だった。

伊織はそらの姿を認めると、厨房から飛び出してきた。

「今日は遅かったね」

「車検が多くてさ。ちょっと根詰めてた」

「あまり、無理しないでね」

「大丈夫」

微笑みを交わす。

と、奥の席から不自然な咳払いが聞こえてきた。安西がそらに顔を寄せた。

「ほらほら、疫病神が見てるぞ」

腕を叩き、目を向ける。

ヒロがいた。スーツを着ている。ヒロは今、営業を担当していて、自動車窃盗をしていた頃の面影がないほど身綺麗にしていた。

しかし、伊織に関しては変わらない。

「そら、安西、こっちに来いよ」

「俺はゆっくりメシ食いたいから、こっちでいいです」

安西は別の席に着いた。

そらは仕方なく、一人でヒロの卓に赴いた。

安西は遠目でにやにやと様子を見ていた。厨房から茂も覗いている。

そらは差し向かいに座った。途端、ヒロは身を乗り出し、そらを睨んだ。

「こら。おまえらの仲を認めるのは、おまえが整備士二級を取ってからと言ってるだろうが」

小声で脅す。

「すみません……」

そらは肩を丸めて小さくなった。

すると、伊織は水の入ったコップをテーブルに叩きつけた。

「兄さん、いい加減にしてくれない？　そら君が、兄さんに怯えて私と別れるなんて言い出したらどうするのよ」

「おまえ、伊織を弄ぶつもりか？」

「そんな……」

そらは首を小さく横に振った。

周りの人たちが笑う。

ヒロは他の卓の者を睥睨した。伊織がヒロの頭を平手で叩く。

「何すんだ！」

「そら君が女性を弄ぶわけないでしょう。兄さんじゃあるまいし」

「バカ！　おれはこう見えても堅いんだぞ！　おれは、おまえとそらのことを思うから、言っているのであってな――」

「余計なお世話！　ほら、もう終わったんでしょ。仕事に行きなさい！」

伊織は、食べかけの丼を手に取った。

「こら、まだ食い終わってねえって」

ヒロが取り返そうとする。

伊織はその手をひらりとかわし、そらに微笑みかけた。

「そら君は、いつものでいい？」

「うん、任せるよ」

「すぐ、作るね」

伊織はもう一度ヒロを睨みつけ、厨房に引っ込んだ。

「なんだよ、あいつ……」

ヒロは睨み返し、立ち上がった。

そらの方を向く。そらは愛想笑いを浮かべた。ヒロは少しの間、そらを睨んでいたが、ふっと目を細めた。

腰を折って、顔を寄せる。

「まあ、あんなのだが、よろしく頼むわ」

小声で言う。

そらは微笑み、頷いた。

今度こそ本当の家族になるかもしれないヒロの背中を見送りながら、そらは思う。

あの雨の夜、生きていくことに疲れ切っていた自分に突然降り注いだ一筋の光が、希望をくれた。道を与えてくれた。

命尽きるまで、この光を大事にしていこう——。

本書は「PONTOON」（2015年8月号～2016年5月号）の連載に加筆・修正した文庫オリジナルです。

光芒《こうぼう》

矢月秀作《やづきしゅうさく》

平成28年10月10日　初版発行

発行人――石原正康
編集人――袖山満一子
発行所――株式会社幻冬舎
〒151-0051東京都渋谷区千駄ヶ谷4-9-7
電話　03(5411)6222(営業)
　　　03(5411)6211(編集)
振替00120-8-767643
印刷・製本―図書印刷株式会社
装丁者――高橋雅之

検印廃止

幻冬舎文庫

ISBN978-4-344-42540-8　C0193　や-36-1

幻冬舎ホームページアドレス　http://www.gentosha.co.jp/
この本に関するご意見・ご感想をメールでお寄せいただく場合は、
comment@gentosha.co.jpまで。